°luftschacht

Eine junge Frau ist auf der Flucht. Die Lebensumstände im Königreich sind für sie nicht mehr länger erträglich, es gibt Zensur, Willkür, Repression. Der junge Mann, den sie in den Wäldern trifft, hat sein Heimatdorf schon vor längerem verlassen und hält sich seitdem versteckt. Allen Gefahren zum Trotz ziehen sie gemeinsam los, um die Grenze zu erreichen. Vorsichtig versucht der junge Mann, seiner Begleiterin dabei näherzukommen, sie bleibt verschlossen, wild und ungestüm. Die Flucht jedoch gelingt, sie überqueren die Grenze und gelangen in die Stadt Port Robinson. Doch der Einfluss des Königs reicht auch bis dorthin und als die junge Frau als Königstochter erkannt wird, wird sie verhaftet und gefoltert. Aber es gibt auch revolutionäre Kräfte in der Stadt, der Aufstand gegen den König ist nicht mehr aufzuhalten ...

In einer ungewöhnlichen Mischung aus märchenhaften und surrealen Elementen und einer immer wieder von Alltagseinsprengseln durchsetzten Sprache erschafft Mario Wurmitzer in seinem Debütroman *Im Inneren des Klaviers* eine aktuelle und formal mutige Parabel über politische Wirren und Macht, aber auch über Widerstand, Privatheit und Intimität.

MARIO WURMITZER, *1992 in Mistelbach, lebt in Wien, wo er Germanistik und Geschichte studierte. Er schreibt Prosa- und Theatertexte. 2010 erschien sein Jugendbuch *Sechzehn*. Danach wandte er sich noch stärker dem literarischen Schreiben zu und veröffentlichte Beiträge in Sammelbänden und Literaturzeitschriften. Er erhielt mehrere Auszeichnungen und Stipendien, u.a. das Hans-Weigel-Stipendium 2012/13, den Brüder-Grimm-Preis des Landes Berlin 2015 und den Osnabrücker Dramatikerpreis 2017.

Mario Wurmitzer
Im Inneren des Klaviers
Roman

Luftschacht Verlag

Copyright © 2018 Mario Wurmitzer

© Luftschacht Verlag – Wien
Alle deutschsprachigen Rechte vorbehalten

1. Auflage 2018

luftschacht.com

Umschlaggestaltung: Matthias Kronfuss studio – *matthiaskronfuss.at*
Satz: Luftschacht
Druck und Herstellung: Finidr s.r.o.
ISBN: 978-3-903081-21-5
ISBN E-Book: 978-3-903081-59-8

I

Die Wölfe werden dich fressen, sagte Paul und lachte, du hast ja keine Ahnung, was in diesem Wald umherstreunt, keine Ahnung hast du! Du tratst ihm in den Bauch und zwischen die Beine.

Du trägst eine Schachtel Zigaretten mit dir, hin und wieder zündest du dir eine Filterlose an, du stößt den Rauch ruckartig aus, manchmal musst du husten, aber das macht nichts, du kommst dir wild vor. Wenn deine Schwester dich so sehen könnte, wie du gar keine Angst hast in diesem Wald, wie sie staunen würde!

Du suchst jemanden, der sagt, lass uns alle Drachen dieser Welt Dumbo nennen und verlachen, bis du keine Angst mehr hast.

Das Dorf war dir fremd, sie soffen aus großen Krügen, die zu schwer für dich waren, und rülpsten zu laut und ihr Lachen ließ dich erschaudern, ihre Musik, zu der sie auf den Tischen tanzten, war nicht die deine und dein Klavier zerschlug Vater, bevor er ging, was du ihm verzeihen konntest, das Zerschlagen des Klaviers, nicht die Flucht (wobei er wiederkam, du jedoch wirst nicht wiederkommen, davon bist du überzeugt), wenngleich du sie verstandest, die Flucht, flüchtest du doch ebenfalls, bist doch auch du Dissidentin. Du glichst ihnen nicht und das machte dir Angst, du ahmtest sie nach, lachtest über ihre Witze und schämtest dich, weil dein Lachen nicht wie ihres klang, nein, du glichst ihnen nicht. Selbst Paul, dem du vertrautest, weil er harmlos schien, klein und von zarter Gestalt, glich dir keineswegs, er verstand die Witze im Dorf und nicht dich. Anfangs dachtest du, es sei umgekehrt, du hattest dich getäuscht und ihm aus Unachtsamkeit oder Übermut in allzu jungen Jahren deine Unschuld geschenkt, die du nun nicht mehr zurückerhältst, hast ihm Dinge erzählt, die du für dich behalten wolltest, von den Linien, die deine Handflächen durchzogen, und dass du manchmal meintest, die rissen auf.

Sag Paul, hast du gehört von der großen Freiheit? Kann man die finden, wenn man dieses Tal verlässt? Nein, warte, sag es mir nicht, ich möchte mir die Überraschung nicht verderben.
Paul hätte ohnehin von nichts gewusst. Paul spuckte auf den Boden und schnäuzte sich, er zeigte dir den Rotz, er war eben noch ein Kind, eines ohne Manieren, dich ekelte, er lachte kurz. Wenngleich er die Latzhosen seines Vaters trug, war er mehr Kind als du.

Also bist du fortgezogen, die Partisanen zu suchen, Mutter sagte einst, die existierten nicht, Vater sagte, längst seien sie tot, du glaubtest ihnen nicht, weshalb auch, logen sie nicht, wenn sie ihre Münder öffneten, sagten sie nicht, die Suppe würde dir schmecken, damit sie dir einen Löffel in den Mund stecken konnten, und schmeckte dir die Suppe dann etwa? Nein, die Suppe schmeckte dir nicht und du verlorst Respekt und Vertrauen, denn wer einmal lügt, dem haust du aufs Maul.

Du versinkst im Schnee, knietief steckst du drin, dir ist kalt, deine Fingerkuppen spürst du kaum noch, doch du wirst jemanden finden, der dir hilft, oder du wirst liegen bleiben, der Schnee wird dich bedecken, vielleicht wirst du schmelzen, fast zur Gänze, ein kleiner Rest wird bleiben, und wenn die Sonne kommen wird und dann noch Schmetterlinge und irgendwann ein Wanderer und wenn dieser den Rest deines Körpers sehen wird, so wird er sagen, huch.

Du holst die letzte Karotte aus deiner Tasche, beißt ab, du kaust geräuschvoll, dein Zahnfleisch blutet, weshalb, verstehst du nicht, aber du kannst jetzt Blut spucken, du bist also nun noch wilder, du bist die große Blutspuckerin. Wenn du jemanden triffst, der von Interesse ist, jemanden, der nicht aus dem Dorf stammt, so wird er deine Ungezähmtheit sehen und dich mit sich nehmen, vielleicht wird diese Person auch eine Art Verlorenheit in dir erkennen, die dir zwar fremd, doch nicht zu leugnen ist, und dich umarmen, jedoch nicht ohne deine Stärke zu würdigen und dich still zu bewundern beim Wegwischen des Blutes unter deinen Lippen.

2

In der Ferne winkt ein Junge. Du gehst auf ihn zu, dein Herz schlägt schnell.

Der Junge erregt deine Aufmerksamkeit, da er nicht aus dem Dorf stammt, wie du sogleich erkennst, er wirkt auch nicht wie die Kaufleute, die von Zeit zu Zeit in den Dörfern auftauchen und die du nicht magst, weil ihre Blicke gierig sind.

Der Junge ist groß und er lächelt, was sonderbar ist, hierzulande ist es nicht üblich, Fremde anzulächeln, was will er bezwecken, will er den letzten Rest deiner Karotte oder deine Unschuld rauben, von der er nicht wissen kann, dass du sie trotz deines zarten Alters bereits verloren hast? Zweifellos hat er etwas Schlechtes im Sinn, weshalb hätte er sonst Grund zu lächeln? Deine Unterlippe zuckt.

Der Junge bin ich.

Wohin führt dein Weg?
Ich suche die Partisanen, sagst du.
Aber die gibt es doch nicht.
Du lügst.
Partisanen gibt es vielleicht noch in Geschichten und Gedanken, aber hier wirst du weit und breit keine finden.
Dir fällt meine Augenklappe auf und du fragst, wo ich es gelassen hätte, mein zweites Auge, ich sage, zu Hause.

Du holst schon aus, um mich zu treten, so sehr misstraust du mir, Gewalt steht dir nahe, das sagst du dann auch, als du zu mir so etwas wie Vertrauen hast. Du fragst, wer ich sei, wen ich suche, ob ich sehen könne, wie viel Blut du spuckst. Tatsächlich beeindruckt mich, wie dein Blut auf den Schnee tropft, der dem Rot deines Körpers nichts entgegenzusetzen hat. Du fragst, wo ich wohne, ich sage hier und dort. In meinem Heimatdorf habe man meinen Pinsel versteckt, meinen Stift zerbrochen, meine Staffelei gestohlen, meine Büsten demoliert, meine Töpferscheibe mit Bildern von Genitalien bemalt, meine Geige beschmiert und mein Saxophon verstopft. Also bin ich von dort fortgelaufen und seitdem streife ich durch den Wald. Du nimmst mich in den Arm, nicht ohne mir deutlich zu machen, dass ich Schutz bei dir finde und nicht du bei mir. Du bist stark, ich bin auch irgendwas, wir passen gut zusammen, wie ich finde, das sage ich dir, und du antwortest, mhm, und dann wird uns bewusst, dass wir von nun an zu zweit weiterstreifen können, was dich lächeln macht, kurz, verschreckt, erstaunt über dich selbst, na schau, was du alles kannst.

3

Wir stapfen durch den Schnee zu meiner Hütte, ich biete dir Decken an, du betrachtest sie und mich kritisch, du erhebst den Zeigefinger drohend, während du mich musterst, und sagst, da drinnen, also in der Hütte, da drinnen darfst du mich nicht anfassen, wenn du mich anfasst, schlag ich dich zu Brei. Ich nicke.

Ich koche einen Eintopf, bestehend aus Gemüse und Rindfleisch, ich schneide mich mit dem Fleischmesser und schreie auf, du lachst und sagst, du Memme, nimmst mir das Messer aus der Hand und hältst es mir an den Hals, sagst, wenn ich wollte, könnte ich. Einfach hier durch.

Wie heißt du eigentlich, frage ich dich, du sagst, mal so, mal so. Du liegst neben der Feuerstelle und ich versuche, dir zu erklären, woran ich denke, wenngleich du nicht danach fragst und kein besonderes Interesse zeigst, ich spreche von Malern, die sich Ohren abschnitten, und von Farbkombinationen, die mich faszinieren, und von Männern und Frauen, die mal etwas gesagt haben, das ich wichtig finde. Du klopfst mir auf den Kopf und sagst, wischi waschi, was mich stutzig macht, so will ich es dir nicht erlauben, über meine Leidenschaften zu reden, sie so leichtfertig abzutun, doch dann sagst du, entschuldige, erzähl mir später mehr davon, lass uns jetzt schlafen, und ich bin verwundert, dass jemand wie du, so eine große Blutspuckerin, sich entschuldigen kann, mich macht das ganz aufgeregt, dass so eine Ungezähmte wie du um Verzeihung bittet, ich kann lange nicht einschlafen.

Als wir erwachen und du ins Freie trittst, liegt ein abgetrennter Schafskopf vor der Tür der Hütte, ein Auge des Schafes ist von einem Pfeil durchstoßen, ein Brief ist dem Schaf auf die Stirn getackert, es handelt sich um eine Drohung. *Ihr habt Schafe zu hüten!*

Die Dorfbewohner wollen unsere Flucht nicht dulden, man darf den provinziellen Gemeinschaften nicht entfliehen, das wird als Verantwortungslosigkeit ausgelegt, denn man hat Dienste für die Gemeinschaft zu erfüllen, die du allerdings nicht mehr gewillt bist zu erledigen, wie du in den Himmel schreist, scheiß auf die Schafe, rufst du, schreibst auf ein Schild *Hier wohnen keine guten Hirten*! und stellst es vor der Hütte auf. Du bist erst vor wenigen Tagen aus dem Dorf geflohen, ich streife bereits monatelang durch die Wälder. In dir ist also wohl noch mehr Energie als in mir.

Dir ist bewusst, dass man uns nicht dulden wird. Von allen Orten ringsum werden Menschen kommen. Du weißt so gut wie ich Bescheid über die Lehren, an denen die hiesigen Menschen hängen. Die Statuten an den Toren der Kirchen in den Dörfern besagen, dass eine Gemeinschaft nur Erlösung finden kann, wenn alle Mitglieder der Gemeinschaft ein sittliches Leben führen. Was unter einem sittlichen Leben zu verstehen ist, gilt als ungewiss. Keinesfalls darf man es jedoch vernachlässigen, die Schafe zu hüten und die Felder zu bestellen.

Du trittst aus der Hütte und schlägst mit einem Stock gegen Baumstämme, ich frage erschrocken, was in dich gefahren sei, du sagst, Training müsse sein. Wenn sie kämen, würdest du diese Hütte nicht aufgeben, deine Augen sehen verändert aus, ehemals waren sie blau, ich schaue sie lange an, bis ich erkenne, wie sie mir nun erscheinen: leer.

Ich streiche dir über die Wange, um dich fühlen zu lassen, dass du ein Mensch bist, doch womöglich tue ich es ungeschickt, du drehst mir die Hand auf den Rücken, was schmerzhaft ist, du sagst, Zuneigung sei ein Gefühl und Gefühle könne man unterdrücken. Ich frage dich, ob du beim Militär gewesen seist. Als die Jungen Krieg spielten, habest du so einiges mitbekommen, du lerntest, dass Liebe und Hass Gefühle seien und dass man diese demnach unterdrücken könne, was vieles in deinem Leben einfacher gemacht habe, wie du behauptest. Ich weiß nicht, ob ich dir glauben soll, also entscheide ich mich dafür, ein Kinderlied zu summen.

4

Die Hütte, die bisher von den Soldaten nicht gefunden wurde, ist ihnen nun bekannt, du hast sie hierhergeführt, doch das werfe ich dir nicht vor, ich bin es gewohnt, weiterzuziehen, ständig in Bewegung zu bleiben.

Du verhältst dich unvernünftig, möchtest die Hütte nicht aufgeben, willst eine Konfrontation mit den Soldaten, was Irrsinn ist.

Ich erzähle dir von Lucy und Simon, die in einem abgelegenen Bauernhaus leben. Dort können wir uns verstecken. Bei ihnen fand ich schon einige Male Unterschlupf. Du sträubst dich, lässt dich aber schließlich überzeugen. Stimmt, jetzt ist es zu früh, sagst du. Wenn schon sterben, dann mit Stil. Ich würde dich gerne packen, schütteln und dir ins Gesicht schreien, dass das hier kein Spiel sei, du hier nicht über Stil reden solltest, ob dir nicht bewusst sei, dass wir in Lebensgefahr sind, doch ich tue es nicht, nehme dich an die Hand und wir gehen los.

Lucys und Simons Haus ist nur fünfundvierzig Gehminuten entfernt. Lucy und Simon haben psychische Probleme, aber nur manchmal, meistens sind sie ganz okay, da sieht man ihnen gar nichts an, sie weinen nicht einmal oft, jedenfalls nicht, wenn ich in ihrer Nähe bin.

Lucy und Simon sind ein Paar, seit sie so klein (Lucy zeigt immer wie klein, Simon nickt bekräftigend) waren.

Simon kann nur eine Erektion bekommen, wenn Lucy sich hinter ihn stellt, sich an ihn drückt und die Melodie der Europahymne summt. So schlimm wäre das gar nicht, denn Lucy tut das gerne für ihn und Simon ist auch ein guter Liebhaber, fordernd, einfühlsam und ausdauernd. Das Problem ist nur, dass Lucy, sobald Lucy und Simon jemanden kennenlernen, diese Information über Simon sofort preisgibt. Zumeist nachdem sich alle vorgestellt und einander die Hände geschüttelt haben.

Ich bin Martin.

Ich bin Lucy.

Das ist Kathrin.

Ich bin Kathrin. Das ist Martin.

Ich bin Simon.

Simon kann nur eine Erektion bekommen, wenn ich hinter ihm stehe, mich ganz fest an ihn drücke und die Melodie der Europahymne summe.

Wenn so etwas nach der Vorstellungsrunde gesagt wird, verschreckt das viele Leute.

Simon ist das furchtbar peinlich, doch er weiß, dass Lucy das nicht sagt, um ihn zu demütigen. Lucys Verhalten ist zwanghaft. Sie erzählt zum Beispiel auch bei jedem Friseurbesuch, dass sie mit vierzehn Jahren noch Bettnässerin war, und sie fängt immer wieder in den unpassendsten Momenten an, über das Sexleben von Simon und ihr zu sprechen, obwohl sie das gar nicht möchte – so habe ich schon einiges erfahren.

Tut mir leid, ich weiß auch nicht, also ich muss mich echt entschuldigen, ähm. So etwas sagt Lucy, wenn wieder etwas Peinliches rausmusste, und dabei starrt sie auf ihre Füße. Manchmal weint sie dann und Simon tröstet sie nur verhalten, weil Lucy die netten Bekanntschaften vergrault und ihn gedemütigt hat. Aber sie streiten sich deshalb nicht lange, haben mir die beiden erzählt.

Lucy öffnet die Tür. Sie empfängt mich herzlich, drückt mich fest, möchte auch dich umarmen, doch du stößt sie weg.

Im Haus riecht es nach Lavendel und Taubenscheiße. Lucy und Simon halten Tauben im Haus. Mit dem Lavendelduft versuchen sie, den Geruch der Taubenscheiße zu überdecken.

Ich frage, ob wir hier ein paar Nächte bleiben können.

So lange ihr wollt, sagt Lucy, ein paar Nächte, sage ich, länger ist auch möglich, sagt Lucy, länger wollen wir aber nicht, sagst du. Simon füttert gerade die Tauben. Lucy führt uns in das Zimmer im Keller, in dem wir übernachten werden. Ich bemerke, dass ihr Bauch, seit ich sie das letzte Mal sah, deutlich größer geworden ist. Lucy ist schwanger. Sie entschuldigt sich, sie müsse gleich wieder zurück ans Spinnrad, erzählt aber noch, dass sie ihr zwanghaftes Verhalten überwunden habe. Diesmal für immer, sagt Lucy, ganz bestimmt. Sie nickt freudig. Nun sage sie nichts mehr, was nicht absolut zur Situation passe, dafür könne sie garantieren. Jetzt müsse sie aber wirklich anfangen zu arbeiten.

Jeden Tag verlangt uns der König mehr ab, es ist schrecklich, ich würde mich ja wehren, aber wir bekommen jetzt bald ein Kind und man weiß ja, wie das ist, sagt Lucy.

Wir essen Vollkornbrot und trinken Ananassaft, während die Nacht hereinbricht. Simon, du und ich spielen Karten, Lucy stößt nicht zu uns, sie muss die Nacht durcharbeiten. Wir gehen zu Bett.

Nachts schleichst du umher, denkst, ich würde es nicht bemerken, wenn du in die Schränke und in die Schuhschachteln, die in den Schränken stehen, blickst, du bewegst dich vorsichtig, unter dir knarrt der Holzboden, eine Maus läuft an dir vorbei, du schreist nicht auf, zuckst nicht einmal zusammen, du scheinst Umstände wie diese gewohnt zu sein, zumindest machen sie dir nichts aus. Du gehst unbeirrt weiter durch den Raum, erkundest jeden Zentimeter, legst dich sogar auf den Boden, blickst unter das Bett und kneifst ein Auge zu. Du kriechst in eine Ecke, kauerst dich zusammen, zitterst, ich weiß nicht, wieso du zitterst, ich weiß nur, wenn du wüsstest, dass ich gerade deine Schwäche sehe, würdest du mich attackieren.

Du verharrst eine Weile im düstersten Winkel des Zimmers, ehe du dich erhebst, auf mich zukommst und dich herabbeugst. Du glaubst, dass ich schlafe, ich spüre deinen Atem, ansehen kann ich dich nicht, ich halte die Augen geschlossen und versuche, mich zu entspannen, du würdest wohl erkennen, wenn ich mich verkrampfe, auf eine deiner Bewegungen reagiere oder zwinkere. Du drehst dich ruckartig weg, stöhnst auf, keuchst. Ich tue so, als sei ich soeben erwacht.

Was ist mit dir?

Nichts, schlaf weiter.

Hast du geschrien?

Schlaf weiter!

Du brüllst und ballst die Fäuste. Als ich mich dennoch aufrichte, stürzt du zu mir und drückst meinen Oberkörper nieder. Du bist kräftig, ich sinke zurück, schließe die Augen und drehe mich weg, woraufhin du seufzt.

5

Am Morgen weckt mich ein von dir im Schlaf ausgestoßener Schrei. Du bist schweißnass, Haare kleben an deiner Stirn, du windest dich.

Ich umarme dich, du erwachst und ich rechne damit, dass du mich schlägst, doch du lässt es geschehen, ich drücke mich an dich und sage gar nichts, was so viel heißen soll wie: *Alles wird gut.*

Nach wenigen Minuten löst du dich von mir.

Mir kommt die Möglichkeit deines Todes in den Sinn, als ich dich halte, was mich befremdet, dachte ich doch, nicht mehr zu glauben, dass alles, woran ich hänge, verdirbt. Ein Erdbeben könnte beginnen, die Fassade könnte bröckeln, die zwei Bilder, auf denen bärtige Männer zu sehen sind, könnten zu Boden fallen, Fenster könnten bersten, du würdest still zusehen, alle deine Glieder anspannen, Lucy und Simon würden schreien, du fändest in meinen Armen den Tod. Würde ich dich jetzt noch halten, ich hielte dich fester.

Wir müssen hier weg, sagst du.
 Aber warum?
 Ich kenne den König.
 Und? Ich kenne den König auch, jeder kennt den König.
 Ich kenne ihn besser.
 Aber hier sind wir doch sicher, sage ich.
 Nein! Lucy und Simon arbeiten für den König. Ich weiß, dass die Frauen, die Gold spinnen, ihm direkt unterstellt sind.

Aber er kommt doch niemals hierher!

Seine Soldaten kommen hierher und die kennen mich! Wir müssen hier weg!

Die kennen dich nicht. Und selbst wenn, werden sie dich in diesem Keller nicht finden.

Ich verlange nach Gründen, weshalb der König dich kennen sollte. Du sagst, du lebtest einst an seinem Hof, bevor du ins Dorf gebracht wurdest. Du habest ihn oft gesehen, doch du seist mit den Jahren so geworden, wie er dich nicht haben wollte, so schwierig. Ich frage, was du denn getan habest.

Vieles, was dem König missfiel, sagst du.

Du schriebest beispielsweise immer allzu theatralische Einkaufslisten.

Nimm mir meine Freiheit!
Nimm mir meine Liebe!
Nimm mir Kafka!
Nimm mir Brot!
Nimm mir Kaubonbons mit Himbeergeschmack!
Nimm mir das Meer!
Nimm mir Hoffnung!
mit.

Der König fand, du hättest auch einfach schreiben können: *die roten Kaubonbons, Brot.*

Am Königshof warst du sehr einsam. Du schriebst deiner toten Schwester Briefe, die dem König so seltsam erschienen, dass sie ihm schlaflose Nächte bereiteten. Natürlich hast du diese versteckt, doch irgendjemand fand sie und verriet dich, da seist du dir sicher.

Du erklärst, dass du zum Beispiel Folgendes geschrieben hast:

*Liebe tote Schwester,
ich habe deinen Schmuck meiner neuen Freundin geschenkt und nun fühle ich mich schuldig. Könntest du mir bitte sagen, dass das kein Problem für dich ist. Danke dir.*

Oder:
Stell dir vor, Hemingway besäuft sich und beginnt, dich anzupöbeln. Schwester, ich lese deine Bücher.

Du verfasstest viele solcher Briefe, an die hundert, an manche denkst du heute noch oft und in stillen Momenten erzählst du mir von ihnen. Als man dich fortschickte, hörtest du auf, deiner Schwester zu schreiben. Du warst zu unfolgsam für ein Leben am Königshof. Du spucktest den König an, als er dir befahl, mit dem Sieger eines Turniers eine Nacht zu verbringen. Der Turniersieger war der Sohn eines Herzogs, dessen Macht fast gleich groß wie die des Königs war und der bei den Edelleuten mindestens ebenso gut gestellt war wie der König selbst. Deine Unfolgsamkeit bedeute, so rief der König, Gefahr für alle Menschen im Reich. Doch du verlorst deine Unschuld nicht an diesen Herzogssohn, verlorst sie erst an Paul, dann im Dorf, in das der König dich schickte, das du kennen und daraufhin hassen lerntest, das du verließt in einer nebligen Nacht.

Doch nun sei genug geredet, sagst du, du wüsstest gar nicht, weshalb du mir das erzähltest, du schüttelst den Kopf, als müsstest du dich besinnen, als hättest du in den letzten Minuten Schwäche gezeigt und etwas gesagt, was du womöglich bald bereuen könntest.

Lucy und Simon sitzen am Frühstückstisch, als wir nach oben kommen, womit du nicht gerechnet hast, immerhin ist es noch sehr früh. Du siehst mich verdutzt an, ich erkläre, dass Lucy und Simon immer sehr früh aufstehen, weil sie sonst ihr Arbeitspensum nicht erledigen können, der König verlange so viel, Lucy und Simon nicken, Lucy trägt sorgsam Handcreme auf, ihre Hände sind wund, weil sie sich allzu oft mit der Spindel sticht, Simon schärft die Sense, mit der er nachher aufs Feld gehen wird. Du liest mir einen Brief vor.

Liebe Schwester,
heute füllte ich einen Fragebogen aus. Mein Fazit: Ich sehe mich selbst in zehn Jahren vor der Frage: »Wo sehen Sie sich selbst in zehn Jahren?«

Wir werden in den Wald zurückgehen, sage ich.
    Das müsst ihr doch nicht. Hier seid ihr sicher.
    Wir müssen, sagst du.
    Kommt aber bald mal wieder, sagt Simon.
    Könnt ihr kämpfen, fragst du. Lucy und Simon sehen dich verwundert an.
    Es könnte notwendig werden, Widerstand zu leisten. Wärt ihr bereit, für Veränderungen zu kämpfen?
    Na ja, sagt Simon, wir werden bald Eltern.
    Als Schwangere kann man nicht kämpfen und mit einem Kleinkind auch nicht, sagt Lucy.
    Es geht uns ja auch nicht so schlecht, sagt Simon.

Wir ziehen zu zweit weiter.
    Wohin?
    In ein besseres Leben! Du scheinst dir da sehr sicher zu sein.

Liebe Schwester,
was machtest du, wenn du Angst hattest? Du brachtest dich um, ich weiß, doch davor?

6

Ein Wildschwein liegt am Wegesrand, tot. Wir essen, unsere Rücken haben wir aneinander gelehnt.

Wir marschieren, der Wald ist mir bekannt, lange wird es jedoch nicht mehr dauern, bis wir ein Gebiet erreichen werden, das mir fremd sein wird. Der Tag vergeht, während du Kinderlieder singst.

Es wird Nacht. Wir rasten an einem See mitten im Wald.

Silbern schimmern Sterne über dem Wasser, in denen Leichen von Männern liegen, die ich einst gut kannte, die man nun jedoch nicht sieht, man sieht die Sterne und das Schimmern und – wenn man Glück hat – den Großen Wagen.

Es wird still um uns und ich frage dich, ob du wirklich glaubst, wir könnten es über die Grenze schaffen. Du bejahst und ballst die Fäuste. Mir fällt auf, wie oft du das machst, die Fäuste ballen, dabei bildet sich eine Falte auf deiner Stirn, die ansonsten nie zu sehen ist, du beißt dir manchmal auch auf die Unterlippe, jedoch scheinst du das bewusst und nicht unwillkürlich zu tun.

Du blickst hoch zu den Wolken, streckst eine Hand aus, tust so, als würdest du einen Pfeil in die Höhe schießen, der imaginäre Pfeil fliegt schnell, es ist fast so, als träfe er den Mond.

Einer schläft, der andere hält Wache, morgens gehen wir weiter. Wir gelangen zu einem See, den zu umgehen Tage dauern würde. Ich kenne einen Fährmann, der zumeist an einer nicht weit entfernten Stelle mit seinem Boot ankert. Tatsächlich treffen wir ihn, du scheinst ihm sympathisch zu sein, weil du sein Boot sehr genau betrachtest.

Du interessierst dich für die Seefahrt, was?

Kann schon sein. Ist schon möglich. Ich interessiere mich für vieles.

Die gefällt mir, sagt der Fährmann und erklärt dir, wie er zu seinem Beruf kam.

Mein Urgroßvater war Fährmann, mein Großvater war Fährmann, mein Vater war Fährmann, ich wollte Maler werden und war das auch, doch niemand kaufte meine Gemälde, also wurde ich Fährmann. Manchmal nehme ich meinen Sohn mit zur Arbeit, ihm werde ich mein Boot vermachen. Mein Sohn wird Fähmann. Während der Bootsfahrt erzählst du mir von einem Brief, über den du sagst, deine Schwester hätte ihn zum Lachen gefunden.

Liebe tote Schwester,
in den Büchern, die du last und die ich fand, steht wiederholt geschrieben, wie schön die Liebe sei. Liebe, Liebe, Liebe, andauernd. Die Liebe könne einen retten, wird in den Büchern behauptet. Ich weiß nicht so recht.
Ich mochte Paul schon ganz gerne. Gerettet hat er mich nicht. Wovor auch?

Nachdem wir mit der Fähre übergesetzt sind, erreichen wir eine Lichtung, dort sitzt ein Mädchen neben einem Zelt. Das Mädchen trägt rote Gummistiefel und eine blaue Latzhose. Du näherst dich ihm, es läuft fort. Du rennst hinterher, doch das Mädchen verschwindet im Dickicht.

Ich sehe mir das Zelt genauer an, es befinden sich eine Gitarre, Buntstifte und ein totes Reh darin.

Vor dem Zelt finde ich ein Notizbuch, das vollgekritzelt ist. Die Einträge sind jedoch in einer mir unbekannten Sprache geschrieben.

Du schlägst vor, wir sollten in dem Zelt rasten und etwas von dem Reh essen. Ich möchte das nicht, es ist das Zelt des Mädchens. Wir spielen Schere, Stein, Papier. Papier wickelt Stein ein, ich gewinne. Wir gehen weiter.

7

Das Meer. Hast du davon gehört?

Ich war dort.

Du glaubst mir nicht, behauptest, dass ich lüge, was ich tue, doch das kannst du nicht wissen.

Ich habe nicht immer in diesem Königreich gelebt, erzähle ich. Früher lebte ich am Meer. In einer Hütte. Mit Schilf auf dem Dach. Richtig viel Schilf. Und da war der Wind, der einem entgegenblies, wenn man aus der Hütte trat. Meereswind. Ein ganz anderer Wind als der hierzulande, ein besserer.

Du siehst mich skeptisch an.

Ich weiß nicht genau, weshalb ich das erzähle, doch es kommt mir vor, als könnte ich mir dadurch deinen Respekt erschleichen, was mir gefallen würde.

Ich will ans Meer, sagst du.

Wozu?

Ich will ins Meer, richtig tief untertauchen möchte ich, bis ich den Boden nicht mehr spüre.

Und dann?

Wieder hinaus aus dem Meer.

Was würde dir das bringen?

Was würde es mir nicht bringen?

Solche Gespräche vertreiben uns die Zeit und lassen uns momentweise vergessen, dass unsere Beine stetig schwerer werden.

Ich behaupte, besser über die Gefahren des Meeres Bescheid zu wissen als du, weil ich einst in einer Hütte am Strand

wohnte. Ich erzähle, jeden Morgen mit meinem Fischerboot hinausgefahren zu sein.
 Dann habe ich meine Netze ausgeworfen.
 Hast du nicht.

Im Meer kann man ertrinken, sage ich.
 Schwarzmaler, sagst du.

8

Du legst dich hin, weil die Nacht es will, und träumst, weil man das so macht, wenn man sich hinlegt, dabei lächelst du, weil deine Träume schön sein könnten und du dich mir siegessicher zeigen willst. Was könnte ich von dir denken, wenn du dich ängstigst in Nächten, in welchen der Mond so hell scheint?

Plötzlich trifft dich ein Speer.

Er hat deinen Oberarm gestreift, du bist kaum verletzt, doch du rufst nach mir, der ich schon schlief und die Angst in deinen Augen nicht erkenne, weil du sie so zusammenkneifst. Du springst auf und schreist, zeig dich, wer immer du bist, doch niemand zeigt sich, der Wald ist uns kein Freund, das sagte ich dir immer, er versteckt nicht nur uns, sondern auch unsere Feinde. Du nimmst den Speer, der neben dir am Boden liegt, und umklammerst ihn. Da fliegt ein Pfeil an uns vorbei und ich schreie, renn!

Doch du läufst nicht fort, du stehst, du mit deinem Kampfeswillen, den ich nicht zu brechen vermag, der uns um Verstand und Leben bringen wird. Ich schiebe dich weiter und schirme mit meinem Körper deinen ab, wie ich es gesehen habe in vielen Propagandafilmen, in denen die Stärke und Heldenhaftigkeit der Soldaten des Königs gepriesen wird.

Du rufst, ich mache jeden fertig, wer auch immer sich da im Wald versteckt, worauf ich erwidere, lass das lieber.

Eine Frau mit Pfeil und Bogen springt aus dem Waldstück, von dem wir uns entfernen, sie legt an, zielt und verfehlt.

Ich will weglaufen, doch du bleibst stehen, schüttelst meine Hand ab, sagst, lass mich, bist plötzlich stärker, als ich möchte, dass du bist, denn sollte ich nicht dein Beschützer sein, ja, ich sollte dein Beschützer sein, das weiß ich, weil ich früher viele Abenteuerfilme gesehen habe, das verwundete Opfer sollte sich nicht selbst helfen, das zerstört meine Heldenhaftigkeit, ach, schade drum.

Du gehst schnurstracks auf den Speer zu, der an der Stelle am Boden liegt, von der ich dich wegziehen wollte, von der wir uns allerdings noch nicht weit entfernt haben, und hebst ihn auf. Die heranstürmende Frau wird dich in wenigen Sekunden erreicht haben. Du wirfst den Speer knapp an ihr vorbei.

Die Frau stößt einen Schrei aus, der so klingt, als hätte sie sich erschreckt, weil jemand eine Tür zugeworfen hat, sie steht reglos und starrt auf den Speer, so als würde ihr in diesem Moment bewusst, dass sie getroffen hätte werden können. Die Frau flüchtet. Während sie rennt, fällt eine mit Federn geschmückte Weste zu Boden. Du läufst der Frau hinterher, aber sie ist schneller als du, also bleibt dir nichts, als ihre Weste zu untersuchen. Eine gewöhnliche Dorfbewohnerin, rufst du mir zu, keine Soldatin!

In den Taschen der Weste findest du:
  einen Keks,
  zwei Silbermünzen,
  eine Packung Streichhölzer,
  einen Zettel, auf dem der Name *Sepp Müller* geschrieben steht,
  eine angebissene Scheibe Brot,
  eine Nadel,

aber keinen Faden,
ein Halstuch.

Du bindest dir das schwarz-weiße Halstuch um und ziehst es über den Mund, möchtest wohl wie eine Wild-West-Heldin wirken, doch das gestatte ich nicht, ich reiße dir das Halstuch runter und schreie, was hättest du getan, wenn der Speer die Frau getroffen hätte?

Du zitterst oder es wirkt so, ich weiß es nicht, denn du wischst mit einer Handbewegung schnell alles weg und sagst, ich war mir sicher, dass ich haarscharf an ihr vorbeischieße.

Du hebst den Speer, mit dem du geschossen hast, im Vorbeigehen auf und ich fände es schön, wenn du ein bisschen weniger abgebrüht wärst.

Wie weit sind wir noch von der Grenze entfernt, fragst du.
Ich habe keine Ahnung.
Ich dachte, du weißt Bescheid.
Wir sind nicht mehr in dem Gebiet, das mir bekannt ist.
Dann rasten wir.
Na gut.
Ist das also die Fremde?
Ja, anscheinend.
Hätte ich mir anders vorgestellt.
Wie?
Fremder. Es sieht hier doch aus wie in den Wäldern, die das Dorf, aus dem ich floh, umgeben. Ich habe dieselben Bäume vor Augen. Nadelwald. Ich möchte Birken sehen.

Man verfolgt uns.
Trotzdem möchte ich Birken sehen!

Du setzt dich neben mich, den Speer hältst du fest umklammert. Ich lege mich hin, bald wird die Finsternis der Nacht uns völlig umschließen. Wir sehen uns an und ich denke an die Bäume, auf die ich als Kind kletterte. Es waren Kirschbäume. Niemals wäre ich auf andere Bäume geklettert.

Ich erinnere mich gerne an die Zeit, die Zeit an sich, die im Königreich verboten wurde, nachdem sich die vom König eingeführte Zeitrechnung nicht durchgesetzt hatte, weil niemand sie verstand, denn er sagte nur lapidar, wann was ist, bestimme ich. Doch dieses Zeitsystem hat nicht gegriffen, die Zeit windet sich weiterhin, bleibt bis in Ewigkeit, angeblich, es heißt, je weiter man sich von der Hauptstadt des Königreichs entferne, desto neuer würden die Zeiten werden, bisher merke ich nichts davon.

Im Schein einer Kerze ein Reh zu erblicken und sich sogleich abzuwenden und ins Dunkle zu starren, ist alles, was man machen kann, wenn man nicht versteht, in welcher Zeit wir leben. Das sagte einst Lucy, sie hatte damals ein philosophisches Buch, darauf war sie sehr stolz. Simon nickte und fragte, in welcher Zeit wir leben, und ich versuchte, ihm ein Jahrhundert zu nennen, doch er schüttelte nur den Kopf.

Lange war ich aufgeregt wegen der Zeitfrage. Simon merkte mir das an. Ich bekam dann etwas Suppe, die er extra für mich gekocht hatte, und Simon und Lucy küssten sich vor mir. Ich fand das beruhigend. Lucy und Simon küssten sich immer sehr beruhigend. Ich vergaß dabei allerlei Sorgen, wenngleich nicht alle. Die Suppe schmeckte gut.

Ich schaue hoch zum Nachthimmel und du erzählst mir von deiner Schwester. Aus einer Hosentasche ziehst du einen Brief.

Liebe tote Schwester,
ich versuche den Computer, mit dem du eine Verbindung zur Welt außerhalb des Königreichs herstelltest, zusammenzubauen, scheitere jedoch. Vater meinte, dieser Computer sei die Ursache deines Selbstmordes gewesen, er habe deine »Sehnsüchte genährt wie Speck die Enten«, er drückte sich undeutlich aus, denn was sollte das schon heißen. Jedenfalls ist es unmöglich, jemanden zu finden, der mir bei der Rekonstruktion Hilfe leisten kann. Sämtliche Konstruktionsanleitungen wurden aus dem Königreich verbannt. Ich habe lediglich einige Binärcodes zur Verfügung, 1001011101, 1011011001, doch damit kann ich nichts anfangen.
Ich erinnere mich noch, wie aufgewühlt du immer warst, wenn du Kontakt mit Menschen aus dem Ausland hergestellt hattest. Deine Wangen waren so rot, wie meine meistens sind.
Da gab es diesen Mann, der schon seit Jahren einen See filmte. Du hast ihn verehrt. Er wartete auf ein Wunder und nannte seine Aufzeichnungen »Stream of Loch Ness«. Davon überzeugt, bald ein Ereignis miterleben zu können, das die Welt grundlegend verändert, machte er sich jeden Tag zum Seeufer auf. Es trat aber kein Wunder ein. Der See war einfach nur ein See. Du hast diesen Mann kontaktiert und dich gleichzeitig immer mehr in dein Zimmer zurückgezogen.

Wir sprechen über Technik und stellen fest, dass wir beide nicht viel davon verstehen. Außerhalb des Königreichs gebe es überall Computer, sagte dir deine Schwester.

Irgendwann werde ich mir auch einen Computer kaufen, sage ich.

Warum denn?

Um mit der Zeit zu gehen. Möchtest du denn keinen haben?

Ach, ich weiß nicht, sagst du.

Mir fallen die Augen zu. Ehe ich einschlafe, höre ich dich mehrmals seufzen.

Ich wache auf und sehe, wie du in deinen Briefen liest, was mich beruhigt, denn wer erinnert, hat ein Herz, sagte jedenfalls ein Pfarrer, den ich kannte und der schon lange nicht mehr predigen darf.

Du solltest schlafen, sage ich.

Gleich, ich will noch ein bisschen an früher denken. Schau bitte in der Zwischenzeit weg.

Während du an früher denkst?

Genau.

Als ich mich dir wieder zuwende, bist du bereits eingeschlafen. Mir ist, als flüstere der Wald meinen Namen. Ich sehe Schatten huschen. Ich habe Angst, was mich verwundert, denn habe ich nicht genügend Nächte im Wald verbracht, um seinen Gefahren gegenüber abgestumpft zu sein? Die Angst im Wald ist mir aus Kindestagen bekannt, als ich ausriss, die Ferne zu suchen, wie ich mir selbst erklärte, mich jedoch zumeist in einem Hochstand am Waldrand versteckte und beobachtete, wie die Jäger auf den angrenzenden Feldern Treibjagden veranstalteten. Ich saß meistens am Hochstand des Jägers Braun, den der Schweinebraten so sehr genährt hatte, dass er seinen Hochstand aufgrund seiner Körperfülle nicht mehr erklimmen konnte, weshalb ich vor ihm geschützt war. Von dort aus beobachtete ich, wie die Tiere rannten und wie die Jäger schossen und wie sie lachten und wie sie sich ein Nasenloch zuhielten, wenn sie auf den Boden rotzten, wie sie ihre Spuren im Erdboden hinterließen.

Gerne würde ich nun auf einen Hochstand klettern und mich dort verschanzen, denn die Angst, deren plötzliches Auftauchen ich mir nicht erklären kann, möchte nicht weichen, doch ich lasse dich schlafen, sehe dich an und denke mir, werde ruhig, ein schlafender Mensch, lass dich davon beruhigen. Ich beuge mich zu dir hinab, möchte den Geruch aus deinem Mund wahrnehmen, da berührt mich jemand an der Schulter.
Endlich habe ich euch gefunden!

Ich erkenne Lucy sofort.
Was machst du hier?
Ich will mit euch kommen!
Wo ist Simon?
Ich werde mit euch fliehen!
Du schlägst die Augen auf, die sich sogleich weiten, du springst auf, als hättest du nie geschlafen, als hättest du nur auf den Moment gewartet, deine Deckung zu verlassen und in die Angriffshaltung zu wechseln. Du stehst angespannt da und ich sage, pscht, bleib ruhig, du musst nicht immer gleich die Fäuste ballen, was dich zu stören scheint,

denn du siehst mich an, als hätte ich etwas zerstört, das im Entstehen war.

Lucy ist hier.

Warum? Was will sie?

Ich will euch helfen! Ich kenne Menschen im Ausland! Wenn wir über die Grenze kommen, kann ich euch zu ihnen führen. Sie werden uns unterstützen.

Du lügst!

Sie lügt nicht, sage ich. Lucy kam zu anderen Zeiten in dieses Land. Die Grenzen waren damals offen, der König war noch nicht der, der er heute ist.

Ich kam mit meinen Eltern hierher, sagt Lucy, als ich fünf Jahre alt war. Ich stand jedoch wesentlich länger in Briefkontakt mit Freunden, die im Ausland leben. Ich habe Aufstieg und Untergang der Partisanen erlebt. Ich kenne die Wälder. Ich weiß, was euch treibt. Du sagst, deine Schwester habe dir oft von den Partisanen erzählt.

Liebe Schwester,
in Romanen über Partisanen markiertest du manchmal mit zarten Bleistiftstrichen jene Stellen, die du besonders interessant fandest. Das machtest du selten, schriebst du doch nicht gerne in Bücher. Du begegnetest dem geschriebenen Wort mit Höflichkeit und Strenge. Was dir nicht gefiel, notiertest du in der Regel auf separaten Zetteln.

Ich traue dir nicht, sagst du zu Lucy, aber was weißt du über die Partisanen?

Nicht viel, antwortet Lucy, denn die meisten sind tot und die Überlebenden sind geflohen, doch einst beherbergten Simon und ich zwei Partisanen, die auf der Flucht waren, für eine Nacht. Sie waren euch ähnlich. Jung und voller

Tatendrang. Sie sind gestorben, erzählten mir zwei Bauern. Die Unterstützung der bäuerlichen Bevölkerung soll anfangs nicht allzu groß gewesen sein. In den Gebieten, in denen die Zustände unerträglich wurden, nahm die Hilfe der Bewohner jedoch zu und es zogen mehr und mehr Leute aus und schlossen sich den Partisanen an.

Lucy sagt, sie sei damals beinahe noch ein Kind gewesen. Beeindruckt vom Geruch der Partisanen und von ihren ruckartigen Bewegungen, die auf ständige Alarmbereitschaft hindeuteten, habe sie ihnen einen Apfel zugesteckt, als sie weiterzogen. Ganz recht, einen Apfel. Dabei hätte sie den damals wirklich selbst gerne gegessen.

Die Abneigung, die du gegenüber Lucy empfindest, richtet sich vornehmlich gegen:
- ihre Strümpfe, die nirgendwo gerissen sind,
- die Art, wie sie ihr Haar aus dem Gesicht streicht,
- ihre Welterfahrenheit.

Du hast das Gefühl, ihr nichts als deinen Widerwillen entgegensetzen zu können.

Wir sind bereits nahe der Grenze, sagt Lucy.

Und wir werden sie überqueren. Du jedoch solltest umkehren, sagst du.

Ich komme mit euch.

Was ist mit Simon?

Vergiss Simon!

Hast du ihm erzählt, dass du fortgehst?

Er würde es nicht verstehen.

Was ist mit deinem Kind? Du bist schwanger, sage ich zu Lucy.

Das bin ich wohl.

Wofür willst du dann dein Leben riskieren?

Für die nicht allzu große, jedoch vorhandene Möglichkeit, mein Kind in Freiheit aufwachsen zu sehen.

Geh lieber wieder heim, sage ich. Du boxt mich, nicht spielerisch, in den Magen und sagst zu Lucy, komm.

Wenn wir Fahnen hätten, was würden wir darauf schreiben?

Warum glauben wir, dass es anderswo besser ist als hier?

Mit solchen Fragen versuche ich, ein Gespräch in Gang zu bringen, vergeblich, du gehst voran, Lucy folgt dir eiligen Schrittes, ich habe Mühe, mitzuhalten und wünsche mir deine Verbissenheit.

Irgendwann beginnt Lucy, dir Fragen zu stellen.

Kennst du dich in dieser Gegend aus?

Nein.

Du hast in einem kleinen Ort gelebt, oder?

Ja.

Und du bist von dort weggerannt?

Ja.

Hast du etwas Schreckliches erlebt?

Warum fragst du das?

Weil du immer so still bist. Wenn ich dich etwas frage, kommt es mir vor, als wäre dir jede Antwort unangenehm. Außerdem schaust du immer so angestrengt.

Kümmere dich um deinen Scheiß, sagst du zu Lucy und gehst nun noch schneller.

Wir treffen auf Warnschilder, auf denen geschrieben steht, dass wir umkehren sollen. Sperrgebiet, das ist ein Wort, das uns Freude bereitet, denn es weist darauf hin, dass wir im Grenzgebiet sind. An der Grenze stehen Wachtürme, manche Bereiche sind mit Drahtzäunen abgeriegelt, und einst hörte ich, das gesamte Grenzgebiet sei vermint, was ich nicht recht glauben kann. Allzu gut bewacht dürften die Grenzen nicht sein. Das Konzept des Königs ist nicht, die Bewohner an der Grenze abzufangen. Bis hierher gelangt kaum jemand. Ein Andersdenkender, der sich nicht geschickt aus seinem Dorf fortstehlen kann und dem der Wald nicht vertraut ist, wird niemals den ihn suchenden Dorfbewohnern, den Soldaten des Königs und den Gefahren des Waldes entkommen können.

Die Repression im Königreich beruht darauf, revolutionäres Gedankengut frühzeitig zu ersticken. Sollte doch jemand querdenken, kann man ihn beschuldigen, er habe einem Schmetterling die Flügel ausgerissen oder eine Kuh gefickt. Besagter Andersdenkender würde aufgrund solcher Anschuldigungen und fehlender Fürsprecher, denn allzu viele Freunde konnte sich diese Person nicht gemacht haben, sonst käme sie gar nicht auf die Idee, Schmetterlinge so grausam zu behandeln, verurteilt.

Quälst du gerne Tiere, hä?
Du reißt ihnen die Flügel aus, das gefällt dir?
Sollen wir dir vielleicht mal die Arme abschneiden?
Antworte!
Die angeklagte Person schweigt oder schreit. Sie sagt etwas zu ihrer Verteidigung. Das nützt nichts. Schließlich wird die Person von königlichen Truppen in Verwahrung genommen und aus dem Dorf gebracht. Sie wird nicht wieder gesehen.

Das geschieht, sofern man nicht früh genug flieht.

Wir sind geflohen und bisher nicht erwischt worden, wir hegen Hoffnung und sind darauf schon etwas stolz, denn wer hegt in diesem Königreich sonst noch etwas, außer vielleicht einen Verdacht, der meist böswilliger Natur ist?

9

Das Königreich endet. An einem Wachturm müssen wir uns vorbeischleichen, weiter nichts, wir machen einen großen Bogen um sie, der Wald verbirgt uns, nie hätte ich gedacht, dass es so einfach wird. Niemand ruft uns nach, niemand bemerkt uns, es fallen keine Schüsse, auf allen Vieren kriechen wir zur Freiheit und spüren Laub an unseren Wangen, das nicht mehr das Laub des Königs ist.

Auf deiner Wange sehe ich eine Träne, was ich kaum glauben kann, ich schaue schnell weg, doch du hast bemerkt, wie ich dich anstarre. Ich erwarte, dass du beschämt bist, womöglich nach mir schlägst, weil ich die Artikulation deiner Gefühle beobachtete, was doch niemand soll, doch du, ich weiß nicht, was dich dazu treibt, streckst kurz die Zunge raus, lächelst und boxt mir, diesmal spielerisch, gegen die Brust, was dir nicht ganz gelingt, da wir noch gebückt gehen, und du flüsterst, wir haben es geschafft, und erst da, als ich erkenne, wie du dich freust, spüre auch ich ein Glücksgefühl.

Lucy sagt, wir würden in einigen Stunden Port Robinson erreichen, eine Stadt mit circa einer Million Einwohnern. Eine derart große Ansammlung von Menschen habe ich noch nie gesehen, ich bin dementsprechend aufgeregt, als Lucy von den dortigen Fabriken, Handwerksgilden und Marktplätzen spricht.

Du wirkst so entspannt wie noch nie, wir gehen nun aufrecht, fürchten wenig, du nimmst sogar meine Hand, lässt sie zwar gleich wieder los, doch ehe du das tust, drückst du sie noch kurz, durchaus fest.

Bald werden wir den Wald verlassen, sagt Lucy, was bedeutet, dass wir uns nicht mehr durch Gestrüpp schlagen werden müssen, wir uns nicht mehr über Trampelpfade freuen müssen, es wird Straßen geben, asphaltierte, könnt ihr euch vorstellen, wie es ist, als freier Mensch auf einer Straße zu gehen, schön, sage ich euch, schön! Lucys Stimme ist voller Euphorie.

Man merkt Lucy die Aufregung an. Sie redet ununterbrochen davon, wie richtig es sei, dass wir tun, was wir tun, weshalb es mir nach einer Weile falsch vorkommt.

Lucy unterbricht ihren Monolog über die Richtigkeit unseres Handelns, um zu fragen, ob du und ich denn nun miteinander schlafen möchten, sie würde das nicht stören, sie könnte einstweilen ein Nickerchen machen.

Du fragst, wie sie auf diesen Gedanken käme.

Na ja, sagt Lucy, wir sind doch jetzt alle glücklich, wir haben doch Anlass, glücklich zu sein. Es ist zwar noch nicht viel geschafft, aber doch etwas, die Flucht, und wenn Paare glücklich sind und frisch verliebt, ja dann, also, ich möchte euch nicht zu nahe treten, aber wollt ihr denn jetzt nicht schnell mal miteinander schlafen?

Nein, das geht nicht, sagst du, sowas haben wir ja noch gar nicht miteinander gemacht, darum geht es hier doch nicht, zwischen dir und mir ginge es um ganz etwas anderes, sagst du, außerdem hat sich doch gar keine romantische Stimmung aufgebaut. Wie soll das denn funktionieren so ganz ohne romantische Stimmung, die jetzt eben nicht da ist und die auch nicht von Bäumen fällt, die herzubringen momentan unmöglich ist, also nein danke, aber danke. Lass uns lieber weitergehen.

Romantische Stimmung, hm, sagt Lucy, na, da kann ich euch nicht helfen. Dann lasst das mal besser bleiben. Vielleicht findet ihr sowas in Port Robinson, dort gibt es allerhand.

Ja, vielleicht. Warst du denn schon einmal in dieser Stadt?

Nein, aber ich habe manches darüber gehört.

Was zum Beispiel?

Vor allem viel Unglaubwürdiges. Von mehrstöckigen Häusern, in denen Offiziere, Prokuristen und reiche Kaufleute nackt Geschäfte machen und sich währenddessen mit Harz einreiben lassen. Von einer Frau, die ihren Katzen ein Gift zu fressen gab, das diese nicht tötete, jedoch so ansteckend machte, dass man beim Kontakt mit ihnen unheilbar erkrankt. Von Geheimbünden, die sich in den Kellergewölben unterhalb des Rathauses treffen, bloß um den Bürgermeister zu verhöhnen, der einst als Student in ebenjene Geheimbünde aufgenommen werden wollte, jedoch die dazu notwendigen Prüfungen nicht bestand. Von riesigen Stadien habe ich gehört, wo Athleten in unterschiedlichen und oft sehr riskanten Bewerben ihre körperlichen und geistigen Fähigkeiten unter Beweis stellen können. Eines dieser Stadien soll mehr Menschen fassen können als zwanzig königliche Dörfer durchschnittlicher Größe.

Wir verlassen den Wald, gehen auf breiten Straßen, mitten auf einer Kreuzung steht eine Kutsche, wie man sie aus Wild-West-Filmen kennt. Ein Rad ist gebrochen, auf der Plane steht *Pony Press – News about Horses*, ein alter Fotoapparat liegt, in Einzelteile zerbrochen, neben der Kutsche, die Plane flattert im Wind. Du sagst, gespenstisch, ich sage, na ja, du streifst die Plane zur Seite und flüsterst, das gibt es doch nicht, ich frage erschrocken, was ist los, du sagst, Lucky Luke, ich verstehe nicht, doch nun sehe ich, dass sich in der Kutsche Hunderte, nein, Tausende Lucky-Luke-Comichefte stapeln. Der Mann, der schneller zieht als sein Schatten, ist dir bekannt, denn im Königreich waren die Comics erlaubt, weil sie einst der Königstocher so gut gefielen, hieß es, dass der König seither eine gewisse Sympathie für diesen Cowboy und sein Pferd Jolly Jumper hege.

Zwischen all den Lucky-Luke-Heften liegt ein Kranz, wie man ihn bei Beerdigungen auf Gräber zu legen pflegt: *The West wouldn't be the West without you* steht auf der Schleife des Kranzes, der verkommen aussieht, denn alle Blumen, die ihn einst schmückten, sind lange schon verblüht.

Wer macht sowas, fragst du, wer legt einen Kranz mit einem solchen Spruch auf der Schleife auf Comichefte?

Der dicke Comicbuchverkäufer von den Simpsons, sagt Lucy.

Wer?

Kennt ihr nicht? Ach ja, ich vergaß, die Sendung ist im Königreich verboten.

Du kletterst in die Kutsche und durchsuchst sie nach Lebensmitteln, denn jetzt, wo unser Proviant schon lange aufgebraucht ist, der Wald, der uns allerlei Essbares bot, hinter uns liegt und wir den Hunger immer schwerer bewältigen können, würde uns eine Mahlzeit Kraft geben für den hoffentlich für lange Zeit letzten Fußmarsch, an dessen Ende Port Robinson stehen wird: groß, ruhelos, erhaben, so stelle ich mir diese Stadt vor.

Du findest einen Zettel, der dir so wundersam und unheimlich erscheint wie die gesamte Kutsche.

Das Testament der Cäthie Stevenson:
Mein Haus vermache ich meinem Sohn.
Meine Spieluhr, meine Kleidung und mein Silbergeschirr vermache ich der ehrenwerten Familie Jameson.
Meine Lucky-Luke-Comicsammlung vermache ich dem Verein »Lachen e.V.«.
Meine Asche soll an einem regnerischen Tag in meinem Garten verstreut werden.

Du sagst, das sei doch kein Testament, du sehest keinen Stempel eines offiziellen Amtes und was denn das für ein Tonfall sei, offiziell sei der jedenfalls nicht. Nein, das sei alles sehr komisch, da gehe etwas nicht mit rechten Dingen zu, und da du auch nichts zu essen finden kannst, springst du aus der Kutsche und wir gehen weiter, lassen die Kutsche zurück und mir gefällt der Gedanke, dass sie weiterhin in all ihrer Befremdlichkeit auf der Kreuzung steht, jetzt und für allezeit.

Ich will euch keine Angst machen, sagt Lucy. Doch, willst du, antwortest du ihr. Nein, aber ich möchte euch sagen ... sag es uns nicht, fährst du Lucy an, wenn du uns keine Angst machen willst, schweig, denn wer in deinem Tonfall sagt, dass er etwas nicht möchte, der möchte es doch, ich weiß das, ich kenne den Betrug und seine Auswüchse, ich hatte Zeit, ihn zu studieren, in einem Dorf, das von ihm lebte. Ich weiß auch, dass du nicht schwanger bist, dass alles, was du mit dir trägst, ein kleines Kissen ist, das du unter deinen Strickpullunder stopftest.

Selbstverständlich bin ich schwanger, sagt Lucy, es geht um die Lebensbedingungen in Port Robinson, ich sollte euch davon erzählen.

Lass es, aber hol das Kissen hervor. Wie hast du es überhaupt an deinem Bauch befestigt? Mit Klebeband?

Dann bin ich eben nicht schwanger, brüllt Lucy, du nickst zufrieden, legst ihr sogar eine Hand auf den Unterarm und sagst, gut so, jetzt wirf das Kissen weg, und Lucy greift sich unter den Strickpullunder, hantiert umständlich herum, bis sie schließlich ein kleines Kissen hervorzieht und von sich schleudert.

Wollte Simon ein Kind und du bist nicht schwanger geworden und hast dir deshalb, um ihn zu täuschen, ein Kissen an den Bauch geklebt, fragst du Lucy.

Nein, das war ganz anders.

Wie?

Anders eben. Ich möchte nicht darüber sprechen. Ich habe gerade mein Kissen verloren.

Du nickst, ich würde sagen, verständnisvoll, soweit du Verständnis durch ein Nicken zeigen kannst, denn im Grunde nickst du immer gleich, ob herausfordernd, verständnisvoll oder freundlich, ist an deinem Nicken kaum zu erkennen. Du bewegst doch nur deinen Kopf ruckartig nach unten und wieder nach oben.

Lasst uns eine halbe Stunde Pause machen, sagst du, setzt dich ins Gras am Wegesrand und brichst eine Blume ab, streckst sie empor und sagst, diese Blume steht für die neuen Zeiten. Aber das ist doch bloß eine Tulpe, sage ich. Du siehst mich nun an und sprichst langsam. Die Blume sieht aus wie ein Massaker, sagst du, innen rot und außen blass, am Rand wirkt sie welk, das ist doch keine Tulpe.

Manchmal bist du schon komisch, sage ich und lache.

Das tue ich nicht, um mich über dich lustig zu machen, sondern weil du mir Angst machst, manchmal, wenn dein Blick so starr wird, als sähest du Dämonen, und du ein Wort wie Massaker in den Mund nimmst und von Schrecklichkeiten sprichst, über die im Königreich nicht hätte gesprochen werden dürfen. Lachen hilft mir gegen die Angst, die du mir von Zeit zu Zeit einjagst. Für den Gebrauch des Wortes Massaker könnte einem leicht der Mund mit Seife ausgewaschen werden und du weißt, welch schmerzhafte Prozedur das ist. Der Folterknecht führt die Seife nicht gerade sanft, es kann da schon leicht passieren, dass ein Zahn ausbricht, wenn man den Mund geseift bekommt, ja, eigentlich ist das Zähneausbrechen das, wofür die Gemeinschaft sich am Marktplatz versammelt, denn worüber sollte man sich denn sonst unterhalten.

Lucy zupft Grashalme aus und legt sie sich auf die Kniescheibe, um sie daraufhin wegzupusten. Du beobachtest sie und beginnst, dasselbe zu tun. Ich schließe mich an. Zu dritt sitzen wir in diesem fremden Land und blasen Grashalme dorthin zurück, wo wir sie ausrissen.

Du fragst Lucy, ob sie sehr traurig sei.

Geht so. Ich habe ja gewusst, dass ich nicht schwanger bin, und Simon habe ich verlassen. Für immer, wie ich vermute.

Dabei wart ihr immer Lucy und Simon, sage ich, ich kannte euch als Einheit.

Ich habe lange überlegt, was ich tun soll, sagt Lucy, denn Glück ist im Königreich für mich derzeit nicht zu finden. Ich werde mich in Port Robinson einer revolutionären Bewegung anschließen. Ich werde kämpfen. Ihr sagtet von mir, als ihr Simon und mich besucht habt, das könnte ich nicht, doch das kann ich sehr wohl.

Wir gehen weiter und sehen die Stadtmauern von Port Robinson, lange bevor wir die Bauernhöfe erreichen, die außerhalb des Stadtgebietes liegen. Zwei Männer mit Bajonetten, metallenen Brustpanzern und Helmen, die zu groß für sie sind, die ihnen bis zu den Augen hinabreichen und von der Form her Kochmützen gleichen, kommen auf uns zu und fragen, wohin des Weges. Sie verlangen Ausweise, die wir ihnen nicht geben können, und Erklärungen, die zu geben wir ebenso nicht imstande sind. Lucy und du verstrickt euch in eine Geschichte über eine Handelsreise, die nicht sehr glaubwürdig ist, denn als Kaufleute führten wir sicherlich Dokumente mit uns, um uns als solche auszuweisen, was wir nicht können. Deine Verhandlungsführung ist keinesfalls geschickt, sagst du doch, lasst uns durch, und als sie das nicht tun, sagst du, was wollt ihr schon machen, ihr mit euren Bajonetten, so forderst du sie natürlich heraus. Sie packen dich an den Oberarmen, befehlen dir, dich zu beruhigen, was du nicht tust, und ich schlage mir eine Hand vor den Mund, denn ich weiß, was kommen wird, ehe du beginnst, ihnen Schimpfwörter entgegenzuschreien.

Wohin bringt ihr mich?

Sie sagen nichts.

Gebt Antwort! Dürft ihr nicht sprechen? Könnt ihr nicht sprechen?

Zwei weitere Wachmänner kommen hinzu und bitten uns voranzugehen. Sie stoßen uns mit den Enden ihrer Bajonette. Du kämpfst einstweilen gegen den geübten Griff der Wachmänner an, die dich mitschleifen, hin zum Stadttor, am Wegesrand stehen Bauernkinder mit großen Augen, so ein Spektakel kommt nicht jeden Tag vor. Ein Junge sagt zu einem Mädchen, Petra, ist das dein Papa, und er zeigt auf einen Wachmann, Petra sieht sich um, erstrahlt und ruft, ja! Los, Papa, los!

Während wir von den Wachmännern in Richtung Stadttor geschoben werden, murmelst du einen Brief an deine Schwester. Es wundert mich, dass du die Briefe anscheinend auswendig gelernt hast, und ich frage mich, wie lange das gedauert hat.

> *Liebe Schwester,*
> *lass uns Drachen Namen geben.*
> *Ich schlage folgende Namen für die Drachenfamilie vor:*
> *Ladislaus der Eroberer,*
> *Sibylle, Verteidigerin der Markomannen,*
> *Peter.*
> *Schade, dass wir das in Kindertagen nie getan haben. Gut, dass wir es nun nachgeholt haben.*

Die Gassen der Stadt sind eng und verwinkelt, Hektik herrscht, Menschen in schmutziger Kleidung tragen Körbe mit Schinken und Brot, an einer Straßenecke bietet jemand Medizin und Weissagungen an, Bettlerinnen weichen den Wachen aus. Du schreist dir die Kehle aus dem Leib, Lucy und ich folgen stumm, hinter uns marschieren die Wachen, an einem Fahnenmast weht die königliche Fahne, was mich irritiert, wir kommen an einer Bäckerei vorüber, aus der es verführerisch duftet.

Aus einem oberen Stockwerk eines Wohnhauses wirft eine zierliche Frau einen Apfel zu einem Jungen hinab, der beäugt den Apfel zuerst kritisch, dann freudig, beißt hinein, kaut, spuckt aus, wirft den Apfel nach der Frau, die lacht und das Fenster schließt.

Wir werden in ein Kellergewölbe geführt. Ratten laufen an uns vorbei. Wir betreten eine Art Büro. Hinter einem Schreibtisch sitzt ein Mann mit Helm und Anzug, eine höchst befremdliche Kombination.

Direktor Müller mein Name, sagt er, ich bin der Leiter des Amtes für auswärtige Angelegenheiten. Was führt Sie nach Port Robinson?

Du debattierst noch mit einem Wachmann, welcher auf Befehl Direktor Müllers zwei Schritte zurücktritt. Du streichst über die Stellen an deinen Oberarmen, wo die Griffe der Wachmänner dich drückten.

Wir sind Reisende und der Empfang in dieser Stadt ist kein sehr freundlicher, sagt Lucy.

Reisende. Mhm.

Was wollen Sie von uns, fragst du.

Die Frage ist, was Sie hier wollen, sagt Direktor Müller.

Muss sich jeder, der in diese Stadt kommt, rechtfertigen, was er hier will?

Unbekannte müssen das.

In dieser Stadt wohnen eine Million Menschen. Wie unterscheiden Sie Unbekannte von Bekannten?

Die Bürger der Stadt sind Bekannte, und Fremde wie Sie zählen zu den Unbekannten. Wie heißen Sie, junge Frau?

Nelly Nightingale, sagst du.

Ein komischer Name.

Das finde ich nicht.

Sie sehen der Tochter des Königs verblüffend ähnlich, wissen Sie das?

Welcher König? Ich dachte, Port Robinson untersteht keinem König.

Doch, das tut es. In gewisser Weise. Die politische Lage ist komplex. Der Stadtrat tagt beinahe wöchentlich, königliche Gesandtschaften sind in der Stadt. Doch das ist für Sie nicht von Interesse.

Die Stimme des Direktors ist nun sehr streng.

Bekennen Sie sich zum König?

Nein.

Der Direktor sieht dich lange an und wendet sich schließlich mir zu.

Und bekennen Sie sich auch nicht zum König?

Doch. Ich unterstehe mit meinem ganzen Herzen dem König und ich kenne diese Frau nicht.

Lucy sagt, auch mir ist sie unbekannt.

Lucy und ich bekennen uns zum König.

Zitterst du?

Nein, du zitterst nicht, du stehst still, als Direktor Müller seufzt und sagt, wegbringen, du siehst starr nach vorne, du richtest weder Worte noch Blicke an uns, du bist weiterhin Nelly Nightingale. Du wirst am Scheiterhaufen enden, denn diese Welt, wie soll ich sagen, ist die Welt der Kompromisse, welche meist von ihrer Natur her faul sind, dein Idealismus führt zu Konflikten, die mich überfordern. Dir ist nur unter erschwerten Bedingungen oder auch gar nicht zu helfen, denn du wirst immer Probleme haben aufgrund deiner Unbeugsamkeit, deines Starrsinns, deiner mangelnden Kompromissbereitschaft, deiner mangelnden Bereitschaft zu leugnen und zu lügen. Wo wirst du enden in dieser Welt, die nun mal von Natur aus, soll ich es sagen, auf Kompromissen fußt, die zumeist, ich wiederhole mich, von Natur aus faul sind, du wirst enden, das möchte ich keinesfalls in Zweifel ziehen, nur wo, wo ich und wo du und wo Lucy und wo wir, vielleicht nicht an demselben Ort, mal sehen.

Es ist nicht so, dass es mir nicht leidtut.
 Versteh mich bitte nicht falsch.

Die Wächter packen dich dort, wo sie dich vorher anfassten, du rempelst einen von ihnen an, sodass sein Helm verrutscht, wohl eine Ehrenbeleidigung, er dreht dir unsanft die Arme auf den Rücken, nachdem er sich den Helm aus dem Gesicht geschoben hat, und sagt, das wird dir noch leidtun, worauf du antwortest, halt deine Fresse, was ihn kurz stutzig werden lässt, ehe er dich mit dem Bajonett schlägt, dabei grinst er, das Schlagen scheint ihm eine gute Antwort zu sein. Sie führen dich ab.

Und Sie wollen mir erzählen, Sie hätten nichts mit dieser Frau Nightingale zu tun, dieser Widerständlerin?
 Wir sind nur zwei Reisende, sagt Lucy.
 Wir haben viele Probleme mit Leuten, die glauben, sie müssten revoltieren. Sie können sich nicht mit den neuen Zeiten abfinden. Früher war alles besser. Diesen Satz hört man hier oft. Finden Sie auch, dass früher alles besser war?
 Nein, das finden wir nicht.
 Ganz und gar nicht.
 Gut. Ich werde Sie im Auge behalten. In drei Tagen melden Sie sich wieder in diesem Amt, dann wird Ihre Aufenthaltsgenehmigung verlängert, andernfalls werden Sie unter Arrest gestellt. Entschuldigen Sie die Unannehmlichkeiten, in Anbetracht der derzeitigen politischen Lage ist eine restriktive Politik jedoch unumgänglich. Sie haben diese Nelly ja gesehen. Das Gesindel glaubt, hier kann es stark

sein. Kann es nicht. Wie dem auch sei, ich wünsche Ihnen einen schönen Aufenthalt in Port Robinson. Auf Wiedersehen.

Denkst du, dass wir feige waren, Lucy?
    Wir haben getan, was alle getan hätten.
    Aber denkst du, dass es richtig war?
    Alle hätten so gehandelt.
    Ich fühle mich schuldig.
    Wir haben uns nichts vorzuwerfen. Was hätten wir tun sollen?
    Wir haben geschwiegen.
    Was hätten wir denn sagen sollen?
    Wir haben sie verraten. Wir gaben an, sie nicht zu kennen.
    Alle hätten das getan!
    Du hast wohl recht. Aber –
    Sei jetzt still!

Baby Blue, wo bist du?

                              hier

hier nicht

honey, honig, so nenne ich dich nicht, nein, so nicht.

                                                  hier nicht

Liebe Schwester,

ich nenne mich vom heutigen Tage an Baby Blue. Ein Wappen, auf dem ein nacktes Baby zu sehen ist, das sich blaue Farbe über den Kopf schüttet, soll auf meinem Schild prangen.

Du brachtest mir das Armbrustschießen mit so viel Nachsicht bei. Du kannst das bald besser als die Jungs, sagtest du. Wir können es besser als die Männer. Wir sind wie gemacht für den Widerstand, ich will das nicht leugnen.

10

Ich gehe in ein Gasthaus.

Darin ist es laut, ist es rauchig, ist es heimelig. Ein guter Platz, um mich an einen Tisch in einer Ecke zu setzen und das Leben der hiesigen Menschen zu beobachten, ihre Bewegungen, ihre Witze, ihre Räusche.

Lucy geht in eine Schneiderei, um sich die Löcher in ihrem Pullover stopfen zu lassen. Zudem wolle sie nach einem Marktstand, wo sie günstig ein neues Kissen erwerben könne, Ausschau halten.

Ich denke an dich, bestelle eine Gemüsesuppe, denke wieder an dich. Zwischen uns war etwas, das so manches Gefühl hervorrief. Das habe ich verraten. Lucy kannte dich nur flüchtig, ihr seid nicht als Freunde nebeneinander gestanden, ob du und ich als Freunde vor Direktor Müller standen, vermag ich nicht zu sagen, was wir füreinander waren, ist eine Frage, die sich erst aus der Trennung ergibt. Die Luft im Gasthaus ist stickig.

Karotten mag ich lieber als Erbsen, weshalb ich zuerst hauptsächlich Erbsen esse, um mich am Schluss an den Karotten freuen zu können. Ich esse gierig und bestelle mir einen weiteren Teller Suppe. Kurz überlege ich, ob ich ein Glas Bier bestellen soll, doch ich entscheide mich dagegen, ich muss mein Geld sparen, reicht es doch gerade noch für Lebensmittel für einige Tage. Was nun geschehen soll in dieser Stadt, was ich mir dabei dachte, herzukommen, habe ich vergessen oder nie so recht gewusst. Wir sind geflohen, um in die Freiheit zu gelangen, um fern des Königreichs zu sein. Du bist verhaftet und wir befinden uns in einer Stadt, die offenkundig dem König untersteht. Ich habe mich zum König bekannt.

Eine Fliege setzt sich auf meinen Handrücken, ich schlage nach ihr, treffe meine Hand, die Fliege setzt sich auf meine Nase, erhebt sich sofort wieder, stürzt in die Suppe, sinkt, befindet sich im Todeskampf. Ich ziehe in Erwägung, sie mit einer Erbse zu erdrücken, mache es nicht, es käme mir grausam vor, denn wer weiß, ob die Fliege gerade leidet, ob sie sich überhaupt im Todeskampf befindet, vielleicht frisst sie sich voll, ja, so wird es sein. Fliegen sterben doch nicht, wenn sie in die Suppe stürzen, lebe, meine Fliege, lebe!
Ich habe aufgegessen.

An einem Tisch in der Mitte des Raumes sitzen vier Männer und spielen Karten, ab und zu schlägt einer mit der flachen Hand auf den Tisch, in seltenen Fällen auch mit der Faust. Einer von ihnen bemerkt, dass ich zu ihnen hinübersehe, was ihn sehr zu irritieren scheint, er legt seine Karten verdeckt auf den Tisch, erhebt sich mühevoll und kommt auf mich zu.
Woher kommst du, fragt er mich.
Ich antworte nicht.
Geflohen?
Ich möchte nur in Ruhe essen.
Bist du geflohen?
Er beugt sich zu mir hinab und stützt seine Ellenbogen auf dem Tisch ab, sein Gesicht ist sehr nahe an meinem.
Kann man so sagen.

Port Robinson ist seit kurzer Zeit wieder dem König unterstellt.

Ich weiß.

Bist du für oder gegen ihn?

Ich möchte wirklich nur essen.

Er schlägt auf den Tisch.

Ich bin für den König, sage ich, er sei gesegnet.

Ha! Tatsächlich?

Ja.

Dabei bleibst du?

Ich schweige.

In dieser Gaststätte stehen wir nicht loyal zu ihm. Du musst also gehen. Wer bleibt, ist für uns und gegen ihn. Also steh auf.

Ich bleibe sitzen.

Dachte ich es mir doch, lacht der Mann. Du bist gegen ihn. Man sieht es an deinem Blick!

Er streckt mir eine Hand von enormer Größe entgegen.

Petrus ist mein Name, ich bin Gedichtaufhänger, Königsgegner, Räuber und Kartenspieler. Freut mich, dass du dich hierher verirrt hast!

Sie sollten das nicht so offen sagen. Der König hat sicherlich überall seine Spitzel.

Ach, vergiss den König. In der Stadt hat er mehr Gegner als Freunde. Seine Truppen sind nicht gewillt zu kämpfen, das Volk akzeptiert ihn nicht. Das ist ihm durchaus bewusst. Du hast nichts zu befürchten.

Trotz des Verdachts, der Mann könnte ein Agent des Königs oder vom Amt für auswärtige Angelegenheiten geschickt worden sein, was mir allerdings unwahrscheinlich vorkommt, denn er saß schon in der Gaststube, bevor ich sie betrat, und niemand konnte wissen, für welches Gasthaus ich mich entscheiden würde, nicke ich, als er fragt, ob er sich zu mir setzen dürfe. Er hätte es wohl ohnedies getan. Er besteht darauf, dass ich ihn duze.

Du sagtest, du seist Gedichtaufhänger, beginne ich ein hoffentlich unverfängliches Gespräch. Davon habe ich noch nie gehört.

Ganz recht. Ich schlage Gedichte, eigentlich meist Ausschnitte von Gedichten, an öffentlichen Plätzen an.

Ein sonderbarer Beruf. Wer kommt für deinen Lohn auf?

Je nachdem, wer den Auftrag gibt. Derzeit ist die Auftragslage schlecht, die Krise, du verstehst. Es trifft immer zuerst die Gedichte. Nur wenn es den Leuten gut geht oder wenn sie am Tiefpunkt der Krise angelangt sind, haben sie Zeit und Geld für Gedichte. Siehst du, dort an der Wand hängt ein Gedichtplakat, das ich aufgehängt habe.

Susi hat den Lehrer geküsst. Am Horizont. Ich habe es gesehen.
*

Dieses Gedicht wurde geschrieben von Max Müller und aufgehängt von Petrus LeCler.

Petrus LeCler ist mein Künstlername, den ich irgendwann zu meinem echten machte, meinen früheren Namen kennt kaum noch jemand und auch ich versuche, ihn zu vergessen.

Petrus schlägt unvermittelt mit der Faust auf den Tisch. Also.

Wenn du gewillt bist, etwas zu bewegen, komm morgen nach Sonnenuntergang hierher. Es wird eine Versammlung im Keller stattfinden.

Petrus steht auf, tritt an mich heran, schlägt mir auf den Rücken, lacht kurz auf, ha ha, ehe er an den Tisch mit den Kartenspielern zurückkehrt.

Ich verlasse das Gasthaus, sehe hinauf zum dämmrigen Himmel und gehe still, denn ich denke, dass Beobachter sich so zu verhalten haben, so still, durch die Stadt, wobei ich in die schmalsten Gassen einbiege und an den verwinkeltsten Plätzen stehen bleibe, denn mich fasziniert die Beengtheit der Stadt, die ich nicht erwartete, heißt es doch, Stadtluft mache frei, was sie womöglich tut, wenn man sich mit den Besitzern der hiesigen Luft arrangieren kann.

Passanten gehen schnell vorüber, es herrscht eine Hektik, die ich in der Weite des Landes selten sah, die Menschen tragen bunte Kleider, auf manchen Gewändern prangt das Emblem des Königs. An einem besonders dunklen Ort bietet ein maskierter Mann Opium zum Verkauf an, er spricht mit einer Frau, die verzweifelt scheint, denn ihr Kind liege im Sterben, es sei besessen seit einigen Tagen, besessen, sie betont das Wort, sie brauche ein Heilmittel. Der maskierte Mann zeigt sich in den Verhandlungen um den Preis unerbittlich, er wendet ein, sie könnte die Geschichte erfinden, um den Preis zu drücken. Sie ruft nochmals, ihr Kind sei besessen, besessen, ob der Verkäufer denn nicht verstehen wolle, er blickt an ihr vorbei, schließlich bezahlt sie unter Tränen, reißt das Päckchen, das er ihr gibt, an sich und läuft fort.

Sie läuft, wie ich mir vorstelle, in eine Hütte am Stadtrand, wo Ratten an ihrem Kind knabbern, das mit einer Zeitung nach den Ratten schlägt und ständig wiederholt, ihr Scheißviecher, ihr kriegt mich nicht.

Ein junges Paar küsst sich, fährt sich durchs Haar und berührt sich dort, wo es sich nach königlicher Verordnung nicht schickt. Die beiden führen mir vor Augen, dass du und ich das sowieso nie gekonnt hätten, denn weißt du, wie man sich so berührt, wie man sich in der Dämmerung einer umkämpften Stadt umarmt, wie man das Spielen der Kinder ignoriert, die sich einen Ball zuschießen? Wir hätten das nicht gekonnt, uns hätte sicherlich der Ball getroffen, wir hätten uns dann nicht mehr küssen gekonnt. Die Lippen aufgesprungen und blutig durch den wuchtigen Schuss eines Kindes.

Wir hatten nie eine Chance.
Wie das klingt.

Ich werde mich nun mit Lucy treffen, bei Anbruch der Nacht auf der Bank vor der Schneiderei hieß es, also finde ich mich dort ein.

Lucy ist nicht da, Lucy kommt auch nicht, ich warte lange, die Nacht schreitet fort, ich friere, es könnte sein, dass ich den Anbruch der Nacht verpasst habe und nicht rechtzeitig gekommen bin, doch warum sollte sie gleich wieder gegangen sein? Die Nacht ist nicht allzu finster, weil diese Stadt sich nicht auf sie einlässt. Die Stadt hält mit unzähligen Lichtern dagegen, Dörfer werden verschluckt von der Dunkelheit. Eine Stadt scheint jedoch ein zu großer Brocken zu sein, um verschluckt zu werden, daran kann man nur ersticken.

Einst, ich hatte viel Zeit, es war wohl Nacht im Dorf, dachte ich nach, wie es wäre zu ersticken. Das Gefühl, das man hat, wenn keine Luft mehr da ist, konnte ich mir nicht vorstellen, also ging ich zur Badewanne, ließ sie volllaufen, steckte meinen Kopf ins Wasser und wartete, zählte, elf, zwölf, dreizehn, ich hatte von Anfang an Panikgefühle, weil ich wusste, was ich vorhatte, dreißig, einunddreißig, zweiunddreißig, mir war zu einem Zeitpunkt schwindlig, als es mit der Luft noch keine Probleme hätte geben dürfen, sechzig, einundsechzig, zweiundsechzig, ich riss meinen Kopf aus dem Wasser, keuchte und hustete, trocknete mich ab und ging zu Bett. Solche Nächte habe ich als seltsam und selten im Gedächtnis, ich habe zumeist ruhig geschlafen, so etwas traue ich eigentlich eher dir zu, selbst in meiner eigenen Erinnerung ist der Erstickungsversuch mir fremd, zumindest scheint er sehr fern, bin ich doch der Ruhige und du die Ungezähmte, die Blutspuckerin.

Wie alle, die im Königreich lebten oder leben, weißt du über Folter Bescheid. Du weißt, wie faul Tomaten sind, wenn sie geworfen werden, du weißt, welche Früchte von den Folterknechten bevorzugt werden, wenn sie die Menschen, die am Pranger stehen, damit befeuern, du kennst genauso die härteren Foltermethoden, wenngleich nur aus Geschichten. Hinter vorgehaltener Hand hat man dir erzählt, wie Verbrechern die Hände gebunden werden, mit welcher Art von Knoten, dass ihnen die Hosen hinuntergezogen werden und sie mit zusammengebundenen Händen versuchen sollen, sich diese wieder anzuziehen, während sie mit Peitschen geschlagen, manchmal auch mit Stiefeln getreten werden, je nach Laune des Folterknechts. Jedenfalls muss man auch den Gürtel der Hose schließen, was mit zusammengebundenen Händen kaum gelingen kann, doch erst wenn man es schafft oder wenn man bewusstlos wird, ist die Bestrafung vorbei. Diese Tortur steht für die Schande, die man sich selbst, eher allerdings dem Königreich, durch Verbrechen zugefügt hat, für die man mit Schlägen bestraft wird, und für die Ehre, die man wiederherstellen kann, indem man die Hose anzieht. Es sind ausgeklügelte Strafen, sagte man vielleicht auch dir, ich jedenfalls hörte das oft. Sicherlich weißt du Bescheid über die Käfige, in die man gesperrt wird, wenn man ein schwerwiegendes Verbrechen begangen hat. Gerüchten zufolge sind das Vogelkäfige, die so klein sind, dass man sich nicht bewegen kann. Man bekommt kein Essen, man stirbt unter den Schmährufen der Wächter. Eine solch qualvolle und harte Strafe hast du nicht zu erwarten, womöglich wirst du nur nochmals verhört, vielleicht ein paar Tage festgehalten. Sie werden versuchen, dir Angst einzujagen, aber sie werden dir nichts antun. Du wirst sie nicht provozieren, wirst dich von ihren Drohungen allerdings auch nicht einschüchtern lassen, du wirst still alles aushalten, was auf dich zukommt. Die Versorgung wird zwar nicht gut sein, doch wahrscheinlich bekommst du mehr zu essen als in den letzten Tagen auf der Flucht.

Außerdem weiß ich ja gar nicht, wie und ob in Port Robinson gefoltert wird.

Ich gehe durch die Straßen, setze mich auf eine Bank aus Holz, die unter meiner Last ächzt, und sehe an der Häuserwand mir gegenüber zwei Plakate, wobei ich die Schrift nicht lesen kann. Ich vermute, es sind Plakate von Petrus, schlicht, weiß, mit roter Schrift, ich stehe auf und nähere mich den Gedichtplakaten.

Zwei Parallelen treffen sich in der Unendlichkeit und sind bis dahin sehr allein.
*
Dieses Gedicht wurde geschrieben von Susi Müller und aufgehängt von Petrus LeCler.

Wenn ich viele Luftballons
ganz fest an mich binde
und fliege
so kann ich die Höhen
des Christkinds erreichen
es fangen
knebeln
um allezeit Geschenke zu bekommen
dazu könnte ich es zwingen
nach Bedarf auch den Weihnachtsmann
*

Dieses Gedicht wurde geschrieben von Max Müller und aufgehängt von Petrus LeCler.

Ich gehe zurück zur Bank, lege mich hin, schließe die Augen und bewege mich nicht, atme nicht, übe ersticken, atme doch und zwar durch die Nase, das habe ich gar nicht bemerkt, ich bin müde.

Ich träume von Lucy und nicht von dir. Sie wirft mit Kissen um sich, weiße Pferde traben an ihr vorbei, kehren zurück, laufen im Kreis, wirbeln Staub auf. Lucy wirft mit Kissen nach den Pferden.
    Ich erwache, mein Rücken schmerzt.

Ich bin mittlerweile kein Freund der Träume mehr, früher war das anders, ich empfand sie als trostspendend, war es doch eine Art Raum der Hoffnung, in dem man Freibeuter, Liebhaber, Wellenreiter sein konnte, ein Raum, der fern der Tristesse lag, die im Königreich um sich griff. Die Träume täuschten mich lange, bis ich erkannte, was sie waren, Opium für die Unterdrückten, ein Betäubungsmittel, das mich von der Realität fernhielt, mich starr machte, es war ein Fluchtraum, der es verunmöglichte zu agieren, der mich feige machte. Gift, nichts anderes waren meine Träume, Gift, immer gewesen.

In einer Bäckerei kaufe ich einen halben Laib Brot, den ich mir in Scheiben schneiden lasse, drei davon esse ich auf der Stelle. Ich streife durch die Gassen auf der Suche nach den Winkeln dieser Stadt, mache also dasselbe wie gestern. Es langweilt mich nicht, jede Ecke hat ihren eigenen Zauber. Ihre eigenen Spinnweben.

Abends betrete ich das Gasthaus, in dem Petrus schon auf mich wartet. Einige Dutzend Männer und Frauen sind bereits da. Die meisten halten Gläser in Händen und trinken schnell, den Männern sieht man ihre Aufregung an den Schweißflecken, den Frauen am zu Boden gerichteten Blick an. Es wirkt, als schämten sich alle, sich in diesem Gasthaus eingefunden zu haben.
 Petrus kommt auf mich zu, ihm folgt ein junger, sehr kleiner Mann.
 Darf ich vorstellen, das ist Max Müller.
 Wir schütteln uns die Hände.
 Max ist höchstens einen Meter fünfzig groß und seine Bewegungen sind hektisch. Er erklärt mir, dass Sepp Müller, der Leiter des Amtes für auswärtige Angelegenheiten und Kopf der Bewegung, die eine Vereinigung mit dem Königreich anstrebt, sein Vater sei. Die Stimme von Max gleicht einem Piepsen und es wirkt, als bemühe er sich, nicht kindlich zu klingen, aber es gelingt ihm nicht. Seine dunklen Bubenaugen beunruhigen mich, als er mich fragt, ob ich seinen Vater kenne.

Ja, ich kenne ihn. Ich musste mich erst gestern vor ihm verantworten.

Das sieht ihm ähnlich, sagt Max. Mein Vater sieht sich die Fremden gerne selbst an, er traut seinen Mitarbeitern nicht.

Ich frage Petrus, ob er ein paar Gedichte von Max aufgehängt habe.

Ja, sagt er, einige sogar. Zurzeit hängen überall in der Stadt seine frühesten Werke. In wenigen Wochen geht die nächste Serie in Druck. Dann werden seine neuesten Gedichte allerorts zu lesen sein. Max bedeutet die Poesie sehr viel.

Ganz recht, sagt Max, ich bin unter anderem Dichter, Akteur in diesem politischen Chaos und Sohn. Aber am liebsten bin ich Dichter.

Er ist genial, sagt Petrus, gerade habe ich ein neues Plakat von ihm aufgehängt. Schau, dort drüben.

Ich leugne
Vaters Existenz
ab
jetzt
*

Dieses Gedicht wurde geschrieben von Max Müller und aufgehängt von Petrus LeCler.

Max wendet sich nun an mich.

Was machen Sie in der Stadt? Was bringt Sie dazu, sich uns anschließen zu wollen? Ich bemerke erst jetzt, dass Max mich siezt. Noch nie sah ich ein Gesicht wie seines, gleichzeitig kindlich und doch so distanziert und unnahbar.

Ich zögere kurz. Ein Kellner kommt zu uns und fragt, was wir trinken möchten, Wein, sagen Petrus und ich, Apfelsaft, sagt Max.

Ich habe etwas wiedergutzumachen, antworte ich schließlich auf die Frage, was ich hier mache. Gestern wurde meine Gefährtin, mit der ich aus dem Königreich geflohen bin, inhaftiert. Ich habe ihr nicht geholfen. Ich möchte sie befreien und danach vielleicht weiterziehen in eine Stadt oder ein Land, das wirklich frei ist, an einen Ort, der so fern des Königreichs liegt, dass man dort nicht einmal den Namen des Königs kennt.

Wie heißt Ihre Freundin, fragt Max.

Sie behauptete bei der Verhaftung, Nelly Nightingale zu heißen.

Wie poetisch, richtig schön, sagt Max. Das imponiert mir. Jedenfalls sollte es keine Schwierigkeiten bereiten, sie bald in Freiheit zu haben. Wir wollen ihr doch weitere Folter ersparen.

Folter? Sie hat sich nichts zuschulden kommen lassen, außer fremd in dieser Stadt zu sein und sich nicht zum König zu bekennen. Wird man hierfür in Port Robinson gefoltert?

Hoffentlich bald nicht mehr, sagt Max. Derzeit gilt es als Ehrenverletzung des Königs, wenn man fremd ist und sich nicht zu ihm bekennt.

Ich sehe Max erschrocken an.

Er macht eine wegwerfende Handbewegung und sagt, so schlimm werde es schon nicht sein.

Er bedankt sich bei der Kellnerin für das Glas Apfelsaft, das sie vor ihn hinstellt.

Aber wir werden alles ändern, sagt Max, wir werden die Folter abschaffen.

Hört, hört, ruft ein Mann, der neben uns steht.

Du tauchst vor meinen Augen auf. Du bist nackt, hast die Fäuste geballt, in der gleichen Art wie so oft zuvor, an deinen Fäusten wird man dich erkennen, nie werden sie sich lockern. Du hast Striemen am Rücken, der Schmerz durchzuckt dich, du hast kein einziges Mal geschrien und du wirst nicht schreien.

Hier gehen meine Vorstellungen auseinander:

Einerseits bin ich versucht, dir eine sonderbare Erhabenheit zuzuschreiben, ein unbeugsames Märtyrertum. Klebrige Haare im Gesicht, Blutergüsse und Narben ignorierend, lächelst du und spuckst Blut wie eh und je, bist Mythos, bist entmenschlicht, kennst kein Leid, bist ganz bei dir, bist magisch, so weit möchte ich gehen. Du stehst nicht aufrecht, aber du stehst.

Andererseits bin ich mir bewusst, dass Schmerz Menschen in die Knie zwingt, du keineswegs übersinnliche Kräfte hast und zuweilen durchaus verletzlich bist, du kannst zerbrechen, das können alle. Es tut mir leid, dich im Stich gelassen zu haben, aber eine Folterstrafe wäre übertrieben, so schlimm wird es nicht sein, was weiß denn schon Max, du schreibst sicher bessere Gedichte als er, ich würde gerne mal eines lesen.

Ich habe dich noch nie nackt gesehen und empfinde Eifersucht gegenüber den Folterknechten. Aber das geschieht ja alles nicht.

Ruhe, bitte Ruhe, der Wirt steigt auf einen Tisch, wir können beginnen, ich habe die Tür bereits geöffnet, ruft er, daraufhin drängen alle hinter den Tresen und verschwinden dahinter. Petrus erklärt mir, dass sich dort eine Falltür befindet, die in den Keller führt, es erscheint mir absurd, sich nun im Keller zu verstecken, stand man bisher doch aufrührerisch und auffällig hier oben, doch ich hinterfrage die Gepflogenheiten nicht, sondern reihe mich in den Strom der nach unten Drängenden ein.

Wir gelangen in einen großen Saal. An den Wänden hängen Banner, auf denen ein Fuchs zu sehen ist, in den Ecken des Raums stehen kleine Jungen, die Fackeln hochhalten und sehr ernst dreinblicken, ihnen scheint die Wichtigkeit ihrer Aufgabe eingeschärft worden zu sein. Die Jungen tragen schwarze Hosen und weiße Hemden mit Fuchsemblem auf der Brust. Vor einem Rednerpult sind mehrere Reihen Klappstühle aufgebaut. Die Stühle sehen billig aus, die Luft ist stickig, Petrus steht der Schweiß auf der Stirn.

Ich höre das Gespräch zweier Männern mit an.
    Hast du ein Messer, das du verkaufen willst?
    Nein.
    Mist, ich muss mir nämlich noch eines besorgen.
    Hast du nicht ein sehr schönes Messer von deinem Vater geerbt?
    Ja, schon. Aber meine Tochter hat es versteckt und gibt es nicht mehr her.
    Dann sieh zu, dass du schnell eines auftreibst, bald wirst du es brauchen.

So lasst uns beginnen, sagt ein älterer Mann, der sich hinter das Rednerpult gestellt hat. Max, komm bitte herauf. Max steigt langsam die drei Stufen hinauf, hebt beide Hände und lässt sie langsam sinken, woraufhin sich die Menge setzt. Einige Klappstühle quietschen.

Ist er etwa euer Anführer, wende ich mich an Petrus, doch der legt nur einen Zeigefinger an seine Lippen und starrt nach vorne.

Max rollt eine Schriftrolle aus.

So lasset mich sprechen.

Drei Tage, Max macht eine bedeutungsvolle Pause, drei Tage warten wir noch. Port Robinson wird danach nicht mehr sein, was es heute ist. Wir werden die Waffenlager und das Gefängnis der Politischen stürmen. Die Politischen werden geschlossen zu uns stoßen, soviel wurde uns aus den Reihen des Gefängnisses versichert.

Bis dahin:

Sattelt eure Pferde,

schärft eure Messer,

berauscht euch heute das letzte Mal,

vernagelt eure Fenster,

versteckt eure Wertsachen,

sprecht mit den Bauern vor den Stadttoren,

diese sind auf unserer Seite,

vermeidet Kontakt mit den Wachen,

nur ein Teil der Wachen steht zu uns,

diese werdet ihr an Bändern am rechten Arm erkennen,

sprecht mit euren Kindern,

liebt euch,

summt Kriegslieder,

trainiert euch im Nahkampf,

bewahrt Ruhe,

schlaft genügend,

schlachtet euer Kleinvieh,

esst.

Es beginnt, sobald wir Direktor Müller gefangen genommen haben. Er wird sich in drei Tagen im Gefängnis der Politischen einfinden, um die Lage zu kontrollieren. Wir werden ihn dort festsetzen. Wenn ihr den Alarm hört und die Wachen zu laufen beginnen, kommt aus euren Häusern!

Ich wünsche uns mehr als Freiheit!

Applaus.

II

Auf dass wir uns nächste Woche wiedersehen, auf dass alles anders wird, sagen die Menschen zueinander. In der Menge, im hinteren Teil des Saales, erblicke ich Lucy, sie strahlt und kommt auf mich zu. Du hier, sagt sie, das hätte ich wirklich nicht gedacht, bist du unter die Räuber gegangen, lacht sie, ich verstehe nicht. Lucy erklärt mir, dass diese Gruppe so heißt. Die Räuber, wiederholt sie. Aha, sage ich, ach, sagt Lucy. Sie trägt das Fuchsemblem auf der neuen Bluse.

Findest du das nicht alles sehr, wie soll ich es ausdrücken, absurd?

Was meinst du?

Na ja, sage ich, in diesem Raum sind vielleicht ein paar Hundert Menschen und Port Robinson ist eine Millionenstadt. Wie sollen die Räuber, wie du sie nennst, die Stadt übernehmen?

Sie sieht mich verdutzt an, fasst sich ans Fuchsemblem und sagt, Zweifel helfen dir nicht.

Max steht plötzlich neben mir und sagt, ich hoffe es gefällt Ihnen. Ihre Freundin habe ich selbstverständlich nicht vergessen. Wir holen sie heute Nacht. Sie wird noch nicht zu den Politischen gebracht worden sein, anfangs werden die gefangengenommenen Fremden in den Zellen des Amtes für auswärtige Angelegenheiten festgehalten. Das gehört uns. Mein Vater, Verzeihung, Direktor Müller residiert dort in Ruinen. Alle seine Berater haben ihn verraten. Wie dem auch sei, ich muss weiter und mit den Leuten sprechen, viele sind nervös und müssen beruhigt werden. Gestern haben Sie auf einer Bank gegenüber von zwei Plakaten von mir geschlafen, wie mir einer meiner Vertrauten berichtete. Sie müssen wissen, ich habe meine Augen und Ohren überall in der Stadt. Warten Sie bei dieser Bank. Ihre Freundin wird dorthin gebracht werden. Nelly Nightingale, richtig?

Ja.

Haben Sie Angst, fragt Max mit einem schelmischen Lächeln.

Ich muss gestehen, ja. Vielleicht mehr denn je. Nicht um mich, aber um ... äh, Nelly.

Liebe, sagt Max, oder?

Ich weiß nicht.

Versuchen Sie es, wenn Sie sich nicht scheuen, einen Rat von mir anzunehmen.

Was soll ich versuchen?

Er grinst und geht weg.

Ich verabschiede mich von Petrus, der bereits leicht betrunken ist und mich mehrmals überschwänglich umarmt, ehe er mich fortlässt, sein Atem riecht nach Bier und fettem Fleisch, ich atme auf der Straße mehrmals tief ein und aus, die Luft im Keller ist mit jeder Minute schlechter geworden, ich gehe langsam in die Richtung, wo ich die Bank von gestern vermute, und hoffe, sie wiederzufinden.

Es gelingt mir problemlos, ich setze mich hin und bemerke, dass die Plakate seit gestern gewechselt wurden.

Lass Träume nicht zu Feinden werden.
Los.
– Max

Der Satz, dass das Plakat von Petrus aufgehängt wurde, findet sich diesmal nicht. Mich fröstelt, wenn ich mir vorstelle, dass Max Bescheid weiß, was ich an diesem Ort gestern träumte und wie ich zu Träumen im Allgemeinen stehe, ablehnend nämlich. Aber nein, wie könnte er das wissen, ich habe immerhin nicht davon gesprochen, er weiß nichts davon, nichts, ganz bestimmt. Das zweite Plakat ist diesmal kleiner und an einer Seite eingerissen.

Versucht es gemeinsam
Rücken an Rücken
als ob ihr in einem Schneesturm
flüchten müsstet.
– Max

Rücken an Rücken, was für ein Kitsch, bevor ich mich auf die Weise hinsetze, die auf diesem Plakat beschrieben wird, setze ich mich anders hin, besser.

Ich werde unruhig, gehe auf und ab, setze mich, stehe wieder auf, umkreise die Bank, ab und zu kommt jemand vorbei, den Blick auf den Boden gerichtet, herausfordernd schaue ich die Personen an, die sich allesamt nicht herausfordern lassen. Sie starren zu Boden. Für eine halbe Stunde dringt Klavierspiel aus einem Zimmer in einem oberen Stockwerk eines Wohnhauses, viele Häuser in der Umgebung sind efeubewachsen. Ich streiche über den Efeu und spüre die Wand darunter, Wolken ziehen am Mond vorbei, weichen ihm aus, Nebelfäden fallen herab, auch ein bisschen Sternenstaub, ich werde ihn aufsammeln und dir schenken, selbst wenn mir dabei der Rücken schmerzen sollte. Nennt man das schon träumen?

Lass uns keine Fragen stellen, nie wieder, sagst du. Der Klang deiner Stimme ist verändert. Ich drehe mich rasch um, du stehst da, lächelst. Zwei Männer entfernen sich, fallen in ihre Schatten, du winkst ihnen kurz zu, doch sie sind bereits am Verschwinden, beachten dich nicht mehr.

Man hat mich gerettet, sagst du. Mir wurde erzählt, ich solle mich bei dir bedanken.

Das ist übertrieben. Ein junger Mann namens Max ist dafür verantwortlich.

Woher hast du das Fuchsemblem, frage ich und zeige auf deinen Oberarm.

Die Männer, die mich herbrachten, haben es mir gegeben. Das war ganz komisch heute. Ein Mann, den ich nie zuvor sah, er war besser gekleidet als die Gefängniswärter, kam zu meiner Zelle, fragte nach meinem Namen und sagte, die darf raus. Er grinste mich an. Ich wurde in ein Büro gebracht, wo nur zwei Stühle standen, sonst nichts, nur zwei weiße Klappstühle, richtig gruselig, dort erwarteten mich die beiden Männer, sie nahmen mich mit und führten mich zu dir. Sie gaben mir diese Armbinde und sagten, ich würde nun zu den Räubern gehören.

Nimm die Armbinde ab.

Wieso?

Tu es, bitte. Wir müssen die Stadt verlassen.

Du streifst die Binde von deinem Arm.

Gib sie mir.

Ich knülle sie zusammen und stecke sie in meine Tasche.

Lange sehe ich dich an, du wirkst verändert, dein Kopf scheint nach vorne gekippt zu sein. Deine Haare müssen gekämmt werden, wir kaufen dir neue Kleidung, alles nicht so schlimm, Lippen schwellen wieder ab, wir kriegen das wieder hin, das wird alles wieder gut, doch jetzt komm, schnell, lauf!

Ich packe dich an der Hand. Du stehst reglos. So sah ich dich noch nie.

Es tut mir leid, sage ich, ich wollte dich nicht verraten. Ich habe mich zum König bekannt aus Angst. Ich hätte nicht gedacht, dass man dich foltern könnte. Es war nie in meiner Absicht, und das musst du mir glauben, dass du leidest. Alles, was ich will, ist dein Bestes, ehrlich.

Du bewegst dich nicht.

Was soll ich denn tun, frage ich.

Du schweigst und die Leere in deinen Augen ist das Beängstigendste, was ich jemals an dir sah, schrei doch, bitte, spring, steh nicht nur!

Soll ich dich ... küssen, frage ich.

Du schaust mich an, verziehst das Gesicht, spöttisch vielleicht, ich kann es nicht mit Sicherheit sagen.

Meine Lippen nähern sich den deinen.

So doch nicht, rufst du und stößt meinen Kopf zur Seite.

Wie denn dann? Max hat gesagt, ich soll versuchen, dich zu lieben.

Wer ist Max? Und dass du mich lieben willst, ist ja schön und gut, aber du musst das anders machen, richtiger.

Da ich nicht weiß, was ich jetzt zu dir sagen soll, nehme ich dich an der Hand und wir gehen los. Ich möchte diese Stadt schnellstmöglich verlassen. Zwei Jungen mit Holzschwertern laufen an uns vorbei. Einer von ihnen hat einen Helm auf. Als sie bemerken, dass ich sie beobachte, schlagen sie noch entschlossener aufeinander ein. Wenn sie zurückweichen müssen, rufen sie etwas, um sich Mut zu machen.

Nimm das!
Für die Freiheit!
Einer der beiden fällt hin, der andere öffnet das Visier seines Helms und lacht. Er hilft seinem Spielgefährten auf.

Du fragst, ob wir noch etwas zu essen mitnehmen sollten. Ich betrete einen Laden, der noch geöffnet hat, und lasse Brot, Speck, Käse und mehrere Flaschen Wasser in Jutebeutel packen.
Der Verkäufer fragt mich, ob ich noch ein Heilkraut kaufen wolle.
Wogegen hilft es denn?
Ach, gegen alles.
Das kann doch nicht sein, sage ich.
Doch. Das Kraut sollte zum Beispiel eingenommen werden, wenn man unter Kopf- oder Magenschmerzen, Melancholie oder offenen Wunden leidet. Also möchten Sie ein solches Heilkraut kaufen?
Nein, danke.
Haben Sie denn weder Kopf- noch Magenschmerzen noch offene Wunden? Sehr erstaunlich.
Nein.
Sie wissen ja gar nicht, welches Glück Sie haben.
Der Verkäufer sieht mich verärgert an, reicht mir die mit Lebensmitteln gefüllten Jutebeutel und ich verlasse den Laden.

Es dämmert bereits. Von der Stadtmauer reiße ich ein Gedichtplakat ab, das mir im Vorübergehen auffällt, beim Passieren des Stadttors nicke ich einem Wachmann zu, er erwidert den Gruß, indem er sich mit einem Zeigefinger an seinen Helm tippt.

*Im Sommer am See
sah ich einen Wal
zwischen Zaunpfählen
verdursten.*
*

Dieses Gedicht wurde geschrieben von Susi Müller und aufgehängt von Petrus LeCler.

12

Während wir gehen, versuche ich, dich verliebt anzusehen, und du fragst mich, warum ich so dumm schaue. Ich nehme mir vor, niemals wieder zu versuchen, jemanden verliebt anzusehen. Das ist zum Scheitern verurteilt. Scheitern in Liebesdingen empfinde ich als demütigend. Ich werde es also fortan vermeiden. So stehe ich zu verliebten Blicken. Ich lehne sie von nun an ab.

Mir scheint, ich sollte Liebesworte mit dir wechseln, aber wenn die Blicke schon scheitern, werden es nicht auch die Worte? Zudem bist du in Bezug auf Körper- und Blickkontakt in einem Maße skeptisch, das mir für dein Alter nicht angemessen erscheint, das mich verschreckt und verstummen lässt. Du sagst, du habest damit zwar die eine oder andere gute Erfahrung gemacht, jedoch auch schon einige schlechte und du zeigest dich nicht gerne verletzlich. Verletzlich ist aber dein Körper, weshalb du findest, von deinem Körper sollten sich andere fernhalten, denn so können sie dir nicht schaden, das erscheint dir sicher. Früher dachtest du anders, da gab es Paul, heute denkst du, scheiß auf Paul, seine Küsse haben nach Rotz geschmeckt, wenn es dir auch damals nicht auffiel, es muss so gewesen sein, er hatte nichts, um sich seinen Rotz wegzuwischen, er klebte überall an ihm, Paul war primitiv. Im Wirtshaus sagten sie, er sei ein echter Mann. Wirtshäuser und Paul magst du nicht, nicht mehr, mochtest du nie, versuchtest nur, dich anzupassen, zu mögen, was man mögen sollte, doch es gelang dir nicht, du saßt alleine am Tisch in der Ecke und spürtest die lüsternen Blicke der Männer an den übrigen Tischen, sie sahen zu dir herüber und lachten und du fühltest dich unwohl und deine Handflächen wurden feucht. Wenn sie zu dir schauten, zeigtest du ihnen die Zunge, weil du dich nicht einschüchtern lassen wolltest, doch sie interpretierten das als Zuspruch, sie gebärdeten sich unschicklich, sie gaben dir Namen, sagten, die wird nochmal ein Megamodel, ganz recht, riefen sie dir zu, ein Megamodel, das kannst du werden, wenn du dich nur anstrengst, wenn du all deine Kraft darauf verwendest, wenn du übst, in hochhackigen Schuhen zu gehen und wenn du dich zu uns an den Tisch setzt, komm, lass uns über dich reden, setz dich zu uns, du bist so schön, du bist so jung, Frauen im Wirtshaus bringen Unglück, aber wir machen eine Ausnahme, für dich, nur heute, na, ist das was?

Sei du selbst die Verbrennung, die du dir wünschst für deinen Hals. Wenn du so etwas sagtest, starrte Paul dich an, und als du erklärtest, dass es etwas gebe, das man Poesie nenne, erkannte er, dass die ersten zwei Buchstaben dieses Wortes Po sind und griff auf den deinen, dennoch fragtest du ihn, Paul, können wir das Licht löschen und an nichts denken?

Für dich, mein Schatz, lösch ich sogar das Licht, sagte Paul und von nun an kam er oft und blies eine Kerze, die ihr zuvor gemeinsam entzündet habt, aus. Er roch manchmal nach Bier, manchmal nach Eau de Toilette, er gab sich also durchaus Mühe, er war mehr Gentleman als die Männer in Latzhosen, du mochtest die Männer in Latzhosen nicht besonders, die stanken meist, trugen sie doch dieselbe Latzhose oft monatelang. Paul trug Jeans, die er wöchentlich wechselte, wenn nicht sogar öfter, er bemühte sich redlich um ein gepflegtes Äußeres. Du dachtest, bevor du einschliefst, solltest du an Paul denken, was du von da an machtest, du stelltest ein Bild von ihm auf deinen Schreibtisch und lächeltest das Bild von Zeit zu Zeit an, doch als du Paul fragtest, was er fühle, wenn er bei dir liege, sagte er, ähm, ätsch bätsch.

Was sollte das heißen?

Paul ging ins Wirtshaus und äußerte sich nicht zu Liebesdingen. Sobald du damit anfingst, ging er fort. Also fingst du nicht mehr damit an und bist gewillt, nie wieder damit anzufangen, weder Paul noch sonst jemandem gegenüber.

Paul war ein vorausschauender, reflektierender Bursche, wenn er dachte, dass er nackt sein sollte, schmiedete er einen Plan, wie er die Nacktheit erreichen konnte. Er ging in allen Details durch, wie er den Gürtel öffnen und wie er die Hose hinunterziehen würde. In der Planungsphase verschwand eine unbestimmte Menge Geld, denn er musste die Pläne im Wirtshaus mit seinen Beratern besprechen. Dazu war Bier vonnöten. Ihm fiel ein, dass bei der Erlangung der Nacktheit deine Anwesenheit erforderlich war, denn sonst wäre dieses Vorhaben nicht sinnvoll gewesen. Er teilte dir mit, wann du dich wo einzufinden hättest. Schließlich fasste er allen Mut, den er hatte, und er zog sich aus. Es gelang. Du musstest applaudieren.

Du erzählst mir von Paul, doch ich möchte es nicht hören, ich sage lieber, warte mal, daraufhin atme ich tief durch. Du erkennst meine Nervosität und verlangsamst deinen Schritt, hältst inne.

Du bist der Grund für so manches, sage ich zaghaft, der Grund für so manches in meinem Leben. Ich kann beim besten Willen nicht viel sagen, aber du bist sicherlich der

Grund für so einiges. Ich bin dir dafür dankbar. Ich mag Gefühle nämlich prinzipiell. Du lässt mich etwas fühlen. Das ist vorerst alles. Irgendwann werde ich mehr wissen. Dann werde ich lange mit dir darüber sprechen.

Du siehst mich streng an und fragst, warum ich jetzt von so etwas rede.
 Ab und zu muss man sagen, was man fühlt.
 Ich finde nicht, sagst du, das wird doch immer nur schrecklich kitschig.

Die gepflasterte Straße endet. Vor einem Wegweiser, der zu drei Städtenamen zeigt, die mir alle unbekannt sind, bleibst du stehen.
 Magst du die Berge?
 Ja.
 Ich habe von einer Hütte gehört, die in einem Gebirge weit im Norden liegen soll. Dorthin möchte ich.
 Was denn für eine Hütte?
 Als ich einst am Hof des Königs lebte, hatte ich einen Lehrer, der nur meine Schwester und mich unterrichtete. Er hat mir von dieser Hütte erzählt und in einem Buch, das er mir überließ, über sie geschrieben.
 Hast du das Buch denn noch und weißt du, wo die Hütte ist?
 Man hat mir das Buch vor vielen Jahren weggenommen, doch ich kenne weite Strecken davon auswendig. Das Buch enthielt eine Wegbeschreibung zur Hütte. Damals war mir die ziemlich egal, denn ich dachte nicht daran, das Königreich jemals zu verlassen. Dennoch habe ich sie ungefähr im Kopf.
 Und was sollen wir dort?
 Frei sein.

Und dann?
Dann gehen wir zum Meer, sagst du.
Und was sollen wir dort?
Hör auf zu fragen.

Du gehst voran und ich bemerke, dass du hinkst. Auch keuchst du stärker als auf den langen Fußmärschen, bevor wir nach Port Robinson gelangten. Die Folter hat ihre Spuren hinterlassen. Ich weiß nicht, wie weit das Gebirge entfernt ist, aber ich vermute, dass es sehr weit weg ist. Ich kann in der Ferne keine Berge sehen und habe nie von diesem Bergmassiv gehört, das dein Lehrer angeblich kannte.

Wir gehen nebeneinander und ab und zu spreche ich über Angelegenheiten des Herzens, was ich mir derzeit – warum auch immer – kaum verkneifen kann.

Es gibt Zeiten, in denen werde ich rührselig, das liegt an einer bestimmten Wolkenkonstellation, behaupteten Lucy und Simon, als ich ihnen erzählte, manchmal könne ich meine Gefühle kaum im Zaum halten. Da müsse ich aufpassen, sagten Lucy und Simon, denn Gefühle im Zaum zu halten sei wichtig, da könne man nicht sagen, ja, ist doch egal, dem müsse man schon entgegenwirken

Was machst du, wenn ich dir sage, dass ich dich liebe?
    Dann sag ich pi, pa, po.

Ich fühle mich bei dir zu Hause.
    Eine bessere Heimat als ein königliches Dorf oder der Wald bin ich wohl, antwortest du.

Und nach einer kurzen Pause fügst du hinzu, ich solle endlich aufhören, kitschiges Zeug zu reden.

Ich beiße mir auf die Unterlippe.

Du holst ein paar Briefe aus deiner Tasche und liest sie mir vor.

Liebe Schwester,
wer hat Angst vor dem Mann mit der Krone?
Niemand, denn Angst ist ein Gefühl und Gefühle kann man unterdrücken und den Mann mit der Krone können wir verhauen, wenn wir erst groß genug sind.

Liebe Schwester,
ich leugne deinen Tod von nun an.
In Anbetracht des Leugnens deines Todes können wir einen Ausflug zum See machen.

Ich schweige.

Du greifst zum nächsten Brief, von dem du sagst, du habest ihn, im Gegensatz zu den anderen, erst vor Kurzem geschrieben.

Schwester, heute möchte ich dir jemanden vorstellen, der mir wichtig ist, mich aber zurzeit etwas bedrängt mit Sensibilität. Er ist nett, zwar etwas feige, doch nicht alle haben den Umgang mit der Armbrust und der Angst so gut erlernt wie du und ich.

13

Wir drei gehen jetzt erst mal zur Hütte in den Bergen.
 Wir drei?
 Du, ich und meine Schwester, sagst du.
 Deine Schwester ist tot, entgegne ich.
 Du wirfst mir einen vorwurfsvollen Blick zu und stößt mich. Ich falle in den Dreck.

Ich rapple mich auf und möchte mich über den Stoß beschweren, doch du sagst, sei ruhig, ich habe eine Idee, wir stehlen eine Kutsche.
 Seit wir Port Robinson verlassen haben, ist keine Kutsche an uns vorbeigekommen.
 Hörst du denn nicht das Galoppieren?
 Nein.
 Du bist schlecht ausgebildet. Ich habe als Kind bereits erlernt, Galopp über weite Strecken zu hören. Der Wind bringt ihn mit sich. In wenigen Minuten ist die Kutsche hier.
 Was sollen wir tun?
 Du stellst dich mitten auf die Straße, hältst die Leute auf und lenkst sie ab und den Rest erledige ich, sagst du.
 Nein, das gefällt mir nicht. Umgekehrt. Du lenkst sie ab und ich erledige den Rest. Ich möchte ein Mann sein wie in den Cowboyfilmen.
 Das kannst du nicht.
 Lass mich ein Mann wie in den Cowboyfilmen sein!
 Sei nicht kindisch. Stell dich auf die Straße, ich verstecke mich im Gebüsch, sie kommen!

Tatsächlich fährt eine Kutsche, die von zwei weißen Pferden gezogen wird, heran.

Halt, rufe ich, Hilfe, ich benötige Hilfe!

Auf der Plane der Kutsche steht *Club der toten Dichter* geschrieben.

Im Königreich ist der *Club der toten Dichter* grundsätzlich verboten. Jedoch darf man die Werke von manchen Mitgliedern unter Beaufsichtigung lesen. Von Zeit zu Zeit finden angeleitete Leseprogramme statt, bei denen Romane von Rosamunde Pilcher gelesen werden, die Autorin ist im Königreich den meisten Menschen ein Begriff. Der König nennt diese Lesetrainings *L'Éducation sentimentale*.

Aus der Kutsche steigt ein älterer, seiner Uniform und den Orden an seiner Brust nach dem Militäradel angehörender Herr und fragt, ob mir etwas zugestoßen sei. Der Kutscher sieht mit teilnahmslosem Blick auf mich herab.

Ich, äh, wurde ausgeraubt und alleine in dieser unwirtlichen Gegend zurückgelassen.

Meine Güte!

Ich möchte deshalb fragen, ob Sie noch Platz für mich in der Kutsche hätten.

Leider nein. Es sind darin überaus viele Leichen und deren Manuskripte. Schon ich sitze völlig eingezwängt.

Bitte, zumindest bis zur nächsten Stadt könnten Sie mich mitnehmen!

Ich werde mich mit dem Kutscher besprechen.

Da springst du aus dem Gebüsch am Wegesrand und wirfst etwas nach dem uniformierten Mann und dem Kutscher, beide verlieren das Bewusstsein.

Warum hast du auf die beiden geschossen?

Damit wir die Kutsche bekommen.

Du hättest das nicht tun sollen, sie hätten uns ja mitgenommen!

Du hast doch gehört, darin wäre zu wenig Platz gewesen, sagst du.

Aber er hätte mit dem Kutscher gesprochen!

Zu wenig Platz.

Was hast du überhaupt nach ihnen geworfen, das sie so schnell außer Gefecht gesetzt hat?

Flummis.

Was?

Gummiflummis. Bist du taub?

Echt? Damit hast du sie erledigt?

Nö. Zwei Steine habe ich geworfen.

Du hast ... he, warte!

Doch du steigst schon in die Kutsche und wirfst Manuskripte auf den Boden.

Lass das, sage ich, doch du meinst, das sei alles nur Schund, dein Lehrer habe dir vom *Club der toten Dichter* erzählt, das seien komische Exzentriker, die ihre Texte in Plastilin ritzen und sich unter Manuskripten begraben lassen würden.

Du weißt aber über ganz schön viel Bescheid, sage ich, über mehr, als du anfangs zeigtest.

Ich zeige nicht gerne, was ich weiß, das ist gefährlich, antwortest du und wirfst zwei Leichen hinaus.

Es riecht in der Kutsche nach Weihrauch.

Wobei dich die Geschichte mit dem Plastilin immer fasziniert habe, sagst du, der Erste, der es als Schreibmaterial benutzte, sei ein ehemaliger Steinmetz gewesen, dessen Frau und Kinder bei einem Brand ums Leben kamen, als er außer Haus war. Das *Manifest seines Schmerzes*, so nannte er den Text, schrieb er mit Plastilin, in zweihundert Jahren wird das Schriftstück erste Anzeichen von Verfall aufweisen, so stellte er sich das jedenfalls vor, in vierhundert Jahren wird man es in einem Museum ausstellen, niemand wird es fotografieren dürfen, niemand, außer Pressefotografen, aber selbst diese nicht oft, die Qualität des Materials wird sich schnell verschlechtern. Wer hätte gedacht, wie empfindlich Plastilin ist, wer hätte gedacht, es könnte nicht für die Ewigkeit sein, wer denkt ans eigene Vergessenwerden? Man sollte das auch nicht tun. Dies ist zumindest die Meinung des Steinmetzes, der die Tradition der Plastilinschriftstellerei begründete. Es heißt, der Mann drückte sein Gesicht irgendwann so lange in Plastilin, bis er aus Plastilin bestand.

Nachdem du im Inneren der Kutsche für Platz gesorgt hast, legst du die beiden bewusstlosen Männer neben den Weg und verbindest ihnen ihre Kopfwunden mit den Hemden der toten Dichter. Wir fahren los und du treibst die Pferde mit Leichtigkeit an. Es bereitet dir keinerlei Schwierigkeiten, die Kutsche zu lenken. Lächelnd meinst du, du würdest die Gebirgsluft schon riechen. Sicherlich irrst oder lügst du.

Erinnerst du dich an das Mädchen, auf das wir bei unserer Flucht aus dem Königreich stießen und das blaue Latzhosen trug? Es sah uns und rannte weg.

    Du bejahst, doch was habe das nun für eine Bedeutung?

    Eine der Leichen, die wir mit uns führen, sieht aus wie dieses Mädchen.

    Das sind doch fast nur alte Männer.

Und ein junges Mädchen.

Das hat uns nicht zu kümmern, sagst du, und um das Thema zu wechseln, erzählst du von deiner Schwester und eurer Erziehung. Du sprichst schnell, ich merke dir die Aufregung an, auch dich lässt die Fahrt mit dieser Kutsche nicht kalt. Dennoch fragst du, ob du von einem Schulaufsatz deiner Schwester sprechen dürftest.

Mach nur, sage ich.

Der Schulaufsatz:
Im Jahr 1381 ritt eine Frau auf einem Drachen zum höchsten Punkt der Welt und brachte ein seltenes Kraut mit, mit dem sie die Pest heilen wollte. Als sie auf dem Marktplatz von dem Kraut erzählte, nahm man sie gefangen und sperrte sie ein. Man hat sie wegen Hexerei angeklagt. Sie war nicht allzu verwundert, als sie ihr Todesurteil erfuhr. Sie wurde verbrannt. Hätte sie schweigen sollen?
Mit ihren letzten Worten erklärte sie, wie man das Kraut einnehmen musste, um von der Pest geheilt zu werden. Sie sprach: Gar nicht kochen. Einfach essen.

Du sagst, deine Schwester habe für diesen Aufsatz die Note Gut erhalten, denn der Lehrer mochte Sonderbarkeiten, was ihr wusstet, weil er sagte: »Ich mag Sonderbarkeiten.« Der Lehrer verschwand dann eines Tages.

Die Nacht bricht herein. Der Wind säuselt und es klingt, als ob er etwas sagen würde. Etwas über Magda O. Das ergibt keinen Sinn. Wer soll denn Magda O. sein?

Wir unterhalten uns über deine Schwester. Ihr Abschiedsbrief lautete:

Militante Menschlichkeit ist mein Konzept zur Rettung der Welt. Egoismus gehört zerschlagen. Mit mir fange ich an.

Du wolltest durchsetzen, dass der Abschiedsbrief bei ihrer Beerdigung vorgetragen wurde, und das wurde er. Du hast ihn gemurmelt, während die königlichen Fanfaren geblasen wurden.

Beim Kutschenfahren wird mir leicht schlecht, ich hoffe, meinen Magen durch positive Zuflüsterungen beruhigen zu können, ich murmle, das ist bald vorüber, ganz ruhig, es geschieht nichts Schlimmes. Ich atme tief durch, es wäre mir furchtbar peinlich, wenn ich mich vor dir übergeben würde, weil ich das Kutschenfahren nicht vertrage. Ich murmle, ruhig, ganz ruhig, und als du fragst, ob etwas sei, lächle ich und sage, es sei alles in bester Ordnung.

Sollen wir rasten, frage ich beiläufig.
 Nein, in ein paar Stunden haben wir die Hütte erreicht, sagst du.
 Ich lege den Kopf in den Nacken.
 Du erzählst eine Geschichte.
 Hör gut zu. Einst kannte ich einen jungen Mann. Er lebte im Dorf und schlich nachts zu einem Mädchen, das in seiner Nachbarschaft wohnte. Sie liebten sich sehr, ich hörte nachts ihr Stöhnen, wenn sie vergaßen, das Fenster zu schließen, doch eines Tages hörte ich nichts mehr. Das Mädchen ging fortan mit einem anderen Mann Hand in Hand. Der junge Mann, der nachts zu ihr zu kommen pflegte, lag wenige Tage später tot in ihrem Garten. Das hat man davon.

Wovon, frage ich.

Haha, sagst du. Du lachst nicht. Du sagst haha. Nicht einmal spielerisch.

Ich starre in die Nacht und ärgere mich, dass du mir diese Geschichte erzähltest. Jetzt ist es ganz unmöglich, gemeinsam zu den Sternen zu blicken und das romantisch zu finden. Der Wind summt noch immer von Magda O. Mir geht die Fahrt mit der Leichenkutsche auf die Nerven.

Du spannst die Pferde aus und schlägst ihnen auf die Hintern, woraufhin sie davonlaufen.

Das letzte Stück zur Hütte müssen wir zu Fuß gehen. Der Weg ist steil.

Du schlägst ein Fenster ein und wir klettern in das Innere der Hütte. Überall auf dem Boden liegen Scherben, ich hätte nicht gedacht, dass das Einschlagen eines Fensters so ein Meer an Splittern nach sich zieht.

An den Wänden hängen Angelruten und Seekarten, auf denen mitten im Ozean rote Kreuze gemalt wurden, es riecht nach verdorbenem Fleisch, auf einem kleinen Ecktisch liegen eine Taschenlampe und Karteikarten, auf denen Notizen zu irgendwelchen Personen gemacht wurden, zwei Messer stecken in einem von der Decke hängenden Fuchs und eine zerrissene Fahne, auf der ein weißer Fuchs zu sehen ist, liegt, als sei sie ein Teppich, unter dem Bett am hinteren Ende des Raumes.

Dein Kommentar zur Inneneinrichtung der Hütte ist, dass dein Lehrer Füchse gerne mochte.

Wir öffnen die Fenster, kehren die am Boden liegenden Scherben zusammen und räumen auf, während wir über unsere Vergangenheit sprechen. Hauptsächlich du sprichst. Wir lächeln, als wir von früher reden. Nie werden wir vergessen zu lächeln, nie!

Du erzählst über das Dorfleben, weil ich danach frage, und sagst, es ist immer dasselbe, die Kinder im Dorf schließen sich zu Bewegungen wie dem Pfadfinderverein oder der *königlich-gläubigen Jugend* zusammen, wobei bei diesen Vereinigungen stets der Austausch von Körperflüssigkeiten zwischen den Mitgliedern im Vordergrund steht. Vorrangiges Ziel ist es, nach dem Firmunterricht jemandem zwischen die Beine greifen zu können oder nach Erlangung des Waldwieselabzeichens jemandem kräftig in den Mund speicheln zu dürfen. Keineswegs darf es weiter gehen, weil man sich ängstigt, dass etwas nicht funktionieren könnte. Der körperliche Akt wird in der Stunde nach der Firmstunde nicht vollzogen. Aber man kann behaupten, dass es weiter gegangen sei. Die anderen schauen dann groß. Das ist schön, wenn die anderen groß schauen.

Du nahmst an diesen Spielchen nicht teil. Du entlarvtest sie. Wenn Rudi mit Gerti wollte, aber Gerti noch nicht, Sabine dafür aber mit Rudi, dann hat sich Rudi über kurz oder lang Sabine genommen.

Du erkanntest, noch bevor Rudi tat, was er tun würde, dass er es tun würde, und erzähltest es Gerti, was diese dir übel nahm, und die dir später vorwarf, du hättest mit Rudi geschlafen. Du beteuertest, dass du mit Rudi gar nichts gemacht hättest, du könntest ihn auch gar nicht leiden, er habe dir während des Firmunterrichts einen Reißnagel auf den Stuhl gelegt, ihr hättet wirklich nichts füreinander übrig, doch Gerti sah sich nur bestätigt, denn was sich liebt, das neckt sich. Rudi hatte schon immer Sinn für Humor, sagte

Gerti, ein Reißnagel im Firmunterricht, lustig, wirklich. Gerti möchte Rudi bändigen und mit ihm leben. Das wird schön sein, wenn er ihr gehört. Dann werden alle blöd schauen. Ganz besonders du. Nur Rudi wird nicht blöd schauen, der wird lieb schauen.

Dir erschienen die Vorgänge im Dorf öde und du vermutetest, dass es mehr geben könnte, von dem du aber ferngehalten wurdest, das im Dorf nicht zu finden war und auch in den Mauern des königlichen Schlosses nicht, wo du früher lebtest. Du dachtest, fernab der Orte, wo man wollte, dass du dich befindest, musste es etwas geben, das ein Kribbeln verursachte, was du Glück nennen würdest, allein schon durch das Verbot, fortzugehen, wurdest du angespornt, dich auf den Weg zu machen.

Doch dann kam Paul. Paul war irgendwie nicht schlecht, und wenn du an ihn dachtest, vergaßt du, dass du die Welt verändern wolltest. Das konnte auch jemand anderer machen.

Du meinst, ich frage ständig nach deiner Vergangenheit, doch erzähle kaum etwas über die meine, und ich sage, ganz recht.

Schließlich erzähle ich doch etwas, ich entscheide mich nach kurzer Überlegung für eine Lüge betreffend meine Zeit am Meer, wo ich einen Hochseekapitän kennenlernte, der Rum schmuggelte. Er war der unerschrockenste Seemann, den man sich vorstellen kann. Eines Tages wurde er in eine Schlägerei in einer Bar am Hafen verwickelt. Er bekam so viele Schläge auf den Kopf, dass er später immer, wenn man ihn fragte, was er in seinem Leben gemacht habe, antwortete: *killing monkeys with the dolphins, baby.*

Dieser Satz war alles, was er von da an zu seiner Vergangenheit zu sagen hatte. Dabei konnte er nicht einmal Englisch.

Liebe mich in den Scherben, sagst du und unterbrichst so meine Geschichte. Ich hätte dir noch erzählt, wie sich der Kapitän täglich betrank.

Ich schütte die eben aufgekehrten Scherben wieder auf den Boden zurück.

Das war nicht ernst gemeint, sagst du.

Aber warum sagst du es dann?

Ich mag, wie deine Augen begehren.

Da muss ich lachen.

Als auch du lachst, verletzt mich das.

Wir stehen still da.

Du setzt dich schließlich und liest einen Brief an deine Schwester vor. Ich fange an, die Scherben wieder aufzukehren.

Folgendes habe ich dir nie erzählt. Obwohl uns das Blut verbindet, scheute ich mich, von meinen Träumen zu berichten.

In der Zeit, als wir noch unterrichtet wurden und am Königshof lebten, hatte ich einen Traum, der mir so bedenklich schien, dass ich ihn zum Arzt trug, und auch dieser fand ihn so absurd, dass mich der Allgemeinmediziner zum Spezialisten schickte. Der Spezialist für innere Angelegenheiten, also der Spezialist für alles, was durch das Aufkleben von Pflastern nur unzureichend behandelt werden konnte, war zu meinem Unglück der Hofpfarrer, der mir nicht wohlgesonnen war, da ich vor der Tür der Kapelle in meiner frühen Jugend immer Himmel-und-Hölle-Spiele auf den Boden gemalt hatte, wobei diese so schwierig gewesen waren, dass immer, wenn der Pfarrer gesprungen war, er in der Hölle gelandet war. Der Traum handelte von der Ermordung des Königs, also von der Ermordung unseres Vaters.

Wenn eine Königstochter von der Ermordung ihres Vaters träumt, gilt es dem entgegenzuwirken. Man beglückwünschte mich zu meinem mutigen Entschluss, ärztliche Hilfe gesucht zu haben, das sei genau richtig gewesen und genau richtig sei auch, wenn ich jetzt Kniebeugen und Liegestütze machen würde und zwar so viele, dass ich umfiele. In einem gesunden Körper wohnt ein gesunder Geist, wusste der Experte für innere Angelegenheiten. Bewusstlosigkeit durch sportliche Betätigung reinigt die Seele und fördert die Königstreue, fand der Experte für innere Angelegenheiten und er verordnete mir zwei Ohnmachtsanfälle aufgrund von Überanstrengung täglich. Die zweite Ohnmacht am Tag sollte im Regelfall leichter herbeizuführen sein als die erste. Ich machte die Übungen nicht und lernte, über meine Träume nicht mehr zu sprechen. In den folgenden Wochen sah mich der Experte für innere Angelegenheiten, der erkannt haben musste, dass ich seinen Anweisungen nicht Folge leistete, besonders finster an.

Jetzt weißt du es. Auch ich war immer schon Rebellin wie du, ich verwehrte mich den Befehlen, weil ich bei dir sah, wie das ging, das Verwehren. Nicht das Befehlen.

Lass uns draußen ein Feuer machen, mein Lehrer erzählte mir, nur wenn man an einem Feuer vor einer Hütte sitzt und Gebirgsluft atmet, fühlt man sich frei.

Nur dann, frage ich.

Keine Ahnung. Lass uns ein Feuer machen.

14

Während ich Brennholz zusammentrage und es nach einiger Zeit schaffe, das von dir gewünschte Freiheitsfeuer zu entfachen, holst du die Karteikarten aus der Hütte und liest sie. Dann gibst du sie mir. Kurz darauf nimmst du sie mir wieder weg und wirfst sie in die Luft.

Durch die Luft fliegen nun folgende Karten:

Sarah I., gelernte Tischlerin, erfahren im Umgang mit Speer und Axt. Durchführung von riskanten Aktivitäten gegen Bezahlung. Kontakte zu Lucky L. und Gregor L. Tot.

Lucky L., ehemals Kuhhirte, anschließend freiberufliche Tätigkeit in Orten des Westens. Druck revolutionärer Flugblätter in einem Stall. Lebendig. Mehrfach vorbestraft.

Gregor L., arbeitslos, auf einem Auge blind, Handlangertätigkeit beim Druck von verbotenen Flugblättern. Lebendig. Amtsbekannt. Verfahren anhängig.

Petrus L., Gedichtaufhänger, Mitglied der revolutionären Zelle in Port Robinson. Lebendig.

Max M., Kopf der revolutionären Zelle Port Robinsons, hervorragende rhetorische Fähigkeiten, Sohn von Sepp M. und Bruder von Susi M. Lebendig.

Susi M., Mitglied der revolutionären Zelle Port Robinsons, bemerkenswerter IQ, scheu. Lebendig.

Gregor L., Waffenschmuggler, ehemals im Besitz von Aufzeichnungen zu den Ausbildungslagern. Tot.

Hubert A., ehemals Mitglied der revolutionären Zelle Port Robinsons. Flucht in ein abgelegenes Dorf. Tätigkeit als Lehrer. Tot.

Magda O., wiederholter Widerstand gegen die Amtsgewalt. Keine nachweisbaren Kontakte zu revolutionären Bewegungen. Fluchtversuch in einer Kutsche. Von königlichen Truppen eingeholt und festgesetzt. Lebendig. Verfahren anhängig.

Du hebst das Kärtchen mit den Informationen zu Hubert A. vom Boden auf, streichst das Wort tot durch und schreibst lebendig daneben. Hubert Ahnbach war mein Lehrer, sagst du, er kann nicht tot sein. Wäre er verstorben, wer hätte dann diese Karteikarten geschrieben und hier liegen gelassen?
 Irgendjemand, sage ich.

Ein Sturm kommt auf, der unser Feuer erst lodern und im Anschluss ausgehen lässt, der uns in die Hütte zurücktreibt und Regen mit sich bringt. Du gehst auf und ab und wiederholst immer wieder, ist das nicht herrlich, das ist herrlich, ist das nicht herrlich.
 Ich vermute, dass du den Verstand verloren hast, was ich dir auch mitteile.
 Du bist ja verrückt.

Nein! Verrückt sind alle, die bleiben. Der Wahnsinn meines Vaters – ich hoffe, du hast mittlerweile bemerkt, dass ich die Tochter des Königs bin – hat die Bevölkerung angesteckt. Ich bin aus dem Dorf geflohen, ohne wirklich daran zu glauben, dass es möglich ist zu entkommen. Aber nun sieh, schau hinaus, nur Schönheit, nichts, was uns verderben kann, verstehst du denn nicht!

Du klatschst in die Hände und gehst hinaus.

Wenige Augenblicke später kehrst du durchnässt und weinend zurück und ich verstehe nicht, wie man sich in so kurzer Zeit derartig verändern kann. Du rufst, dass man uns holen kommt. Soldaten des Königs steigen den Weg zur Hütte herauf.

Du sagst, mit jedem Mal, wenn sie auf dem rutschigen Untergrund den Halt verlieren, steigere sich ihre Wut, du habest gesehen, wie sie ihre Lanzen tragen, wie entschlossen sie seien, das sei der Trupp, der käme, um uns zu verhaften, und niemand wird davon erfahren. Dass unsere Flucht nun in der Abgeschiedenheit ihr Ende finde, sei doch allzu bitter. Du sagst, sie sollte mit einem Knall zu Ende gehen und nicht mit einer schlichten Verhaftung, von der kaum jemand hören wird.

Aufmachen, ruft jemand und schlägt gegen die Tür, die wir vor wenigen Momenten verriegelten.

Soweit ich gesehen habe, sind sie zu acht, flüsterst du mir zu.

Du sagst, jetzt sei der richtige Augenblick für einen Plan, du hättest nie gedacht, dass du das sagst, du hättest immer geglaubt, die Stunden, welche du mit Blaupausen, Schlachtkarten und Miniaturpanzern verbringen musstest, seien lediglich Diebe deiner Zeit gewesen, aufgezwungen vom König, deinem Vater, dem größten Dieb der Zeit, doch nun käme es dir zugute, wenn du in wenigen Sekunden eine Verteidigungsstrategie erstellen und nach der entworfenen Taktik handeln könntest, du seist darauf gedrillt worden und der Kriegsminister des Königs habe dich persönlich unterrichtet und geprüft, wobei er mit Kohlen nach dir schmiss, wenn ihm deine Deckungsmanöver nicht ausgeklügelt genug erschienen. Doch obwohl jetzt der richtige Augenblick für einen Plan gekommen sei, hast du keinen, denn du habest dem Kriegsminister nie besonders aufmerksam zugehört, als er erklärte, wie feindliche Linien zu durchbrechen und wie Gegner zu demoralisieren seien. Du lauschtest lieber deiner Schwester, die, wenn der Kriegsminister erklärte, wie die eigene Streitmacht vorzurücken hätte, ihm zum Trotz mit gellender Stimme *they shall not pass!* entgegenschrie oder über seine Schlachtpläne schimpfte. Wenn der Kriegsminister deine Schwester zur Rede stellte, forderte sie ihn voller Hohn zum Duell, wobei sie wusste, dass der Herr mit dem Toupet, welcher der Kriegsminister des Landes war, ihr nichts tun konnte, weil sie die Tochter des Königs war und damals war sie vom Hof noch nicht fallen gelassen worden, damals hatte sie sich noch nicht fallen gelassen. Damals war es ihr jedoch schon nicht möglich, militärische Planungsaktionen nicht zu boykottieren.

Demnach hast du keine Ahnung von Verteidigungsplänen und als die Tür aufgebrochen wird und die Soldaten uns umstellen, hebst du die Hände wie ich.

Man stößt mich zu Boden, schlägt mir auf den Hinterkopf, mir wird schwarz vor Augen.

Ich höre, als ich nichts mehr sehe, ein fernes Säuseln, aus dem gedämpfte Schreie dringen, deine sind es nicht, mir ist sehr heiß, das im Befehlston ausgestoßene Wort wohin wohin wohin wohin umschwirrt mich in nicht enden wollender Wiederholung, ein dumpfer Schmerz dringt von unten an mich heran, alles ist grell, man öffnet meinen Mund, legt mir etwas auf die Zunge, ich muss schlucken, noch immer ist alles grell. Ich frage mich, wie lange es hell bleibt. Für immer?

Stimmen aus der Ferne.
    Die Sau, sagt einer der Soldaten.
    Verdammt, ist der schwer.
    Er wacht auf.

Ich habe zu früh geblinzelt.
    Man schlägt mir auf den Kopf.

15

Du glaubtest an Freiheit mit einer Euphorie im Blick, die mich verleitet hat, mein gewöhnliches und weit weniger gefährliches Widerstandsleben zu beenden, die Flucht zu wagen und zu glauben, alles könnte anders enden, nicht auf dieser Bank, nicht gefangen, nicht vor Männern in Uniformen, die auf mich spucken, wenn ich den Kopf schüttle, wenn ich zu Fragen, auf die ich keine Antworten weiß, nichts sage.

Die Männer haben vernarbte Hände und Falten auf der Stirn. Das zeigt mir, dass sie erfahren sind im Umgang mit Menschen und Schmerz. Ich wünsche mir, dass du weit weg bist, in Sicherheit, zusammengekauert im hohen Schilf, auch wenn du dort nicht sein wollen würdest, spiele nicht die Heldin, kauere dich in das Schilf!

Einer der drei Uniformierten tritt an mich heran und fragt mich, wie meine Einstellung zur Regierung sei.

Ich schüttle den Kopf.

Sie sind unerlaubt ausgereist. Sind Sie sich dessen bewusst?

Ja.

Was hatten Sie im Ausland vor?

Ferien.

Sie lügen.

Nein.

Ferien?

Ja.

Wollen Sie Strom?

Nein.
Ferien? Bleiben Sie dabei?
Ja.
Sie lügen. Strom.

Mein T-Shirt wird zerrissen, mit einem Waschlappen wischt der Jüngste der Uniformierten über meine Brust, mir wird schwarz vor Augen und ich

> bleibe heute nacht und allezeit ganz bei dir denn wider jede endlichkeit möchte ich die küstenstraße entlanglaufen und den wind von dir zu mir zum leuchtturm spüren und dann nenn ich dich virginia und du mich danny und wir tun so als kämen wir von ganz weit her als hätten wir uns getroffen an einer sonnenliege die kann gelb grün oder blau gelb gestreift sein ganz nach wunsch gelb muss dabei sein wegen der farbe die du so magst virginia magst du doch bleibst du doch machen wir doch oder kannst du etwa den leuchtturm vor lauter strom nicht sehen und wo sind die wellen

Als ich aufwache, befinde ich mich in einem Gerichtssaal. Ein älterer Herr im Talar blickt auf mich herab. Neben ihm sitzen zwei Uniformierte. Die für Zuseher gedachten Sitzreihen hinter mir sind leer.

Der Richter erklärt mir, ich sei angeklagt, einen königlichen Schwan getötet zu haben. Daraufhin sei ich aus dem Königreich geflohen. Ich werde weiters verdächtigt, Kontakte zu einer revolutionären Bewegung zu unterhalten. Zudem hätte ich eine Frau namens Petra Blocksberg gegen ihren Willen in eine Hütte geschleppt und mich an ihr vergangen.

In der Sache des Schwans drohen mir bis zu achtzehn Monate Haft, in der Sache der Flucht, Verschleppung und Vergewaltigung droht die Todesstrafe.

Petra Blocksberg sei zur Verhandlung ebenfalls geladen und werde dieser später beiwohnen, sagt der Richter, zuvor werde jedoch die den Schwan betreffende Causa behandelt.

Ich leugne alles, doch was genau wird mir zur Last gelegt, frage ich.

Sie werden beschuldigt, sich aus vorsätzlichem Hass gegen den König Zugang zu den inneren Höfen des Schlosses Capverde verschafft zu haben, dort einen Schwan erblickt und diesen mit einem Messer brutal getötet zu haben. Eine Dienstmagd und drei ihrer Kinder haben Sie dabei gesehen.

Gestehen Sie?

Ja.

Tatsächlich?

Wirkt es sich denn strafmildernd aus, wenn ich gestehe?

Der Richter nickt, die Uniformierten neben ihm werfen sich Blicke zu und grinsen.

Dann gestehe ich, sage ich mit möglichst kräftiger Stimme.

Mir ist schwindlig, der Richter zupft an seinem Talar herum, legt einen dünnen Aktenordner zur Seite und nimmt einen dicken zur Hand. Er bittet darum, die Zeugin Blocksberg hereinzuholen.

Du betrittst den Raum, deine Augen sind mit einem Halstuch verbunden, ein Uniformierter schleift dich mit sich, du stolperst ihm hinterher, hast zwei verschiedene Schuhe an, mit den Händen umklammerst du etwas, das an deinem Hals hängt, wahrscheinlich eine Kette.

Und in deinem Kopf:

> gib die wellen wieder her gib die wellen wieder her gib die wellen wieder her deck mich zu oder mach irgendwas das für immer ist feuer nicht hab ich probiert feuer geht aus

oder Stille oder nichts; doch das kann und will ich nicht glauben.

Ich stehe auf und sage, das kann und will ich nicht glauben, und fühle mich wie Regen.

Der Richter erklärt mir, die Zeugin Blocksberg habe ausgesagt, ich hätte sie entführt, gegen ihren Willen aus dem Königreich gebracht und sie misshandelt und zwar in der böswilligen Absicht, dem Ansehen des Königshauses in besonderem Maße zu schaden, da ich Frau Blocksberg als hohes Mitglied dieses Hauses auszumachen glaubte und sie allein aufgrund ihrer königlichen Herkunft als Opfer auserkor.

Ist das richtig, Frau Blocksberg?

Der Uniformierte, der sie stützt, legt ihr eine Hand in den Nacken und wackelt mit ihrem Kopf.

Die Zeugin bestätigt die Aussage, sagt der Richter.

Gestehen Sie?

Nein. Ich bestreite die Anklage zur Gänze. Es stimmt keinesfalls, dass ich Frau Blocksberg entführt habe, vielmehr war es so, dass wir gemeinsam den Entschluss fassten, aus dem Königreich zu entkommen.

Einspruch, ruft der Richter, und ich wusste nicht, dass Richter das rufen dürfen, doch er erklärt mir nun, wie klar doch sei, dass du niemals hättest fliehen wollen, seist du immerhin ein hohes Mitglied der Krone, deine Loyalität in Frage zu stellen sei blanker Hohn. Der Richter geht zum Schuldspruch über und verhängt die Todesstrafe, nichts anderes ist wohl möglich. Ich denke, der Mann im Talar trägt kaum Schuld, er muss so entscheiden, sonst entscheidet man bald so gegen ihn, dennoch springe ich auf, ziehe mir blitzschnell den schwarzen Pullover, in dem ich aufgewacht bin, über den Kopf, laufe zum Richter und versuche ihn zu würgen. Die Uniformierten halten mich zurück, du wendest hastig deinen Kopf mit den verbundenen Augen und schlägst um dich, ich werde zu Boden gedrückt, gehe auf die Knie und spucke Staub, immer mehr Staub, bis nichts mehr in mir ist, bis ich keuchend in der grauen Galle liege.

Sollte ich Zettel und Stift bekommen, was ich nicht erwarte, denn die aus meinem Verlies heraus gesprochenen Bitten werden nicht beachtet, werde ich dir sagen, dass ich nichts bereue, höchstens manche Feigheit meinerseits. Schriebe ich einen Abschiedsbrief, ich sagte dir, dass mich der Galgen nicht schreckt und auch der Scheiterhaufen nicht, ich erzählte ein wenig von meiner Jugend, über die du noch wenig weißt, über meine Eltern, wie ich diese verließ, wie ich aus der Werkstatt meines Vaters zwei Hämmer und eine Säge stahl im Glauben, diese könnten mir nützlich sein, dabei wurden sie mir während meiner ersten Nacht im Freien gestohlen, ich hatte am Wegesrand geschlafen, ich wusste nichts. Schriebe ich einen Abschiedsbrief, ich zitierte einen verbotenen Dichter, der in einem oder zwei Sätzen das Wesen des Todes ein klein wenig ins Lächerliche zog. Ich würde dir womöglich sagen, was ich mir von dir wünsche, und das könnte dich überraschen, denn hätte ich dir vor wenigen Wochen noch gesagt, du mögest zu den Pflichten einer Königstochter zurückkehren, würde ich dir nun den Widerstand empfehlen. In der Hoffnung, dass du es trotzdem tust, würde ich dir sagen, du solltest nicht zu oft an mich denken und nicht traurig sein, weil ich nicht mehr neben dir bin. Vielleicht ließe ich mich zur Behauptung hinreißen, ich sei nun über dir. Schriebe ich einen Abschiedsbrief, ich wäre stark.

Ich möchte mir einen Satz überlegen, den ich am Galgen oder Scheiterhaufen schreien werde, und einen, den ich vor dem Moment meines Todes flüstern werde.

Ob du in einem ähnlichen Verlies wie ich bist oder ob man dich freigelassen hat? Du sitzt womöglich geknebelt in einer Kutsche in Richtung Königshof und Fesseln schnüren dir die Handgelenke ein, oder du hast den Kopf gegen das Fenster gelehnt, atmest schwer und sprichst zu deiner Schwester.

Schwester!
Werden wir in die Annalen eingehen als »kinderlos und illoyal?«

Du beißt dir auf die Lippen und spuckst Blut und denkst dir, hach, das ist nicht genug Blut.

Die Historiker am Hof priesen den König und sagten ihm, gemäß seiner Genealogie sei er ein Nachfahre König Davids. Als Kind erschien er mir immer wie Dschingis Khan. Weißt

du noch, wie viel uns der Kriegsminister über den Mongolenherrscher erzählte?
Hätten wir zu den mongolischen Reiterscharen gehört, wären wir ins Land eingefallen und hätten verwüstet, was uns verwüstet hat, das wäre vielleicht gut gewesen.

Als Vater dich fragte, wie es dir gehe, sagtest du: »angry and blind I smashed birds all the night«, was er nicht verstand, denn wozu musste ein König fremde Sprachen lernen, wenn die seine doch die beste war. Um mit ausländischen Gesandten zu kommunizieren, hatte er Diplomaten. Um mit uns zu kommunizieren, hatte er meist Befehle.

Du windest dich mit geschickten Handgriffen aus deinen Fesseln, öffnest mit der Sicherheit einer mit Gefangennahmen Vertrauten das Schloss an der Tür der Kutsche und wirfst dich hinaus, rollst einen Abhang hinunter, springst auf und rennst. Man holt dich ein.

Ob du in einer Kutsche zum König gebracht wirst oder ob du in einem Verlies festsitzt, weiß ich nicht. Ich hoffe nur, du siehst nicht zu, wenn ich auf den Marktplatz geführt werde.

Durch ein kleines Fenster dringt Licht in mein Verlies. Wenn ich mich auf die Zehenspitzen stelle, kann ich nach draußen sehen. Ein langer Gang führt zu dem Raum, in dem ich mich befinde.

Ich gehe im Kreis und nehme anschließend die Fahne mit dem königlichen Emblem, die eine Wand des Verlieses ziert, herunter, zerknittere sie und will sie zerreißen, lege sie mir dann aber um die Schultern. Wäre ich ein 100-Meter-Läufer und kein Gefangener, hängte ich mir die königliche Fahne in dieser Weise um die Schultern und ich liefe nach der obligatorischen Strecke weiter, über das Ziel hinaus, vorbei an den Zuschauertribünen, von wo aus Jubelschreie kommen würden, die Königstochter, also du, würde zur Rechten ihres Vaters sitzen und winken, jedoch in die falsche Richtung, denn ihre Augen wären verbunden, ich stoppte, würde die mir zustehende Medaille nicht annehmen und versuchen, auf die Ehrentribüne zu gelangen, doch man hielte mich davon ab, mir bliebe nichts, als unter Buhrufen davonzuschleichen, mir bliebe nichts. Ohnehin bin ich kein 100-Meter-Läufer.

Sterben. Seltsam.

Einmal wäre ich als Kind beinahe gestorben. An einem Wintertag spielte ich mit Freunden draußen, wir bewarfen uns mit Schneebällen, stachen uns mit Eiszapfen und warfen uns gegenseitig Schnee ins Genick. Wir bauten einen Schneemann und ich hatte die Idee, den Schneemann lebendig werden zu lassen, sodass meine Freunde um mich herum Schnee anhäufen sollten. Sie umschlossen mich und vor allem meine Beine mit einer derartigen Schneeschicht, dass ich mich nicht mehr befreien konnte. Ich wäre beinahe erstickt. Zum Glück erkannten meine Freunde den Ernst der Lage und befreiten mich rasch. In diesem Winter träumte ich nachts oft von Schneestürmen und verblutenden Schneemännern, was mir übertrieben vorkam. Ich trug einen hartnäckigen Keuchhusten davon, der vielleicht weniger durch die Kälte als durch die Angst vor dem Ersticken heraufbeschworen worden war.

Ich sitze im Verlies und huste. Sterben. Damit kann ich mich nicht identifizieren. Ich möchte begnadigt werden. Ich schreie. Niemand hört mich.

Ich werfe die Fahne auf den Boden und mir fällt auf, dass in einen der Steine der Name Rodrigo Rodolledo eingeritzt ist. Rodolledos Prozess erregte vor ein paar Jahren großes Interesse im Königreich, er hatte eine Verfassung und bessere Arbeitsbedingungen für die Bauern gefordert. Er stammte selbst aus einer Familie von Viehzüchtern. Rodolledo war bei einem Waldspaziergang mit seiner Familie verhaftet worden, wonach seine Frau an die Öffentlichkeit und anschließend in den Wald ging, denn der König setzte ein Kopfgeld auf sie aus. Rodolledos Frau spuckte bei ihrem Prozess wiederholt den Richter an, was ihr viele Sympathien einbrachte.

Der Wald ist das Zuhause der Aussätzigen und Aufständischen geworden, seit der König an der Macht ist. Die Menschen zogen sich ins Dickicht zurück, weil sie in Ruhe gelassen werden wollten, doch es wurde ihnen kein Exil gewährt, königliche Soldaten durchstreiften allzu bald die Wälder, weshalb die Gruppen zum Widerstand übergingen.

Für mich wurde der Wald zu einer Heimat, die weder mit Ruhe noch mit Idylle viel zu tun hatte, denn Idylle ist etwas für die weniger Hungrigen, für die Spazierenden, nicht für die Versteckten, ich ließ jegliches Innehalten hinter mir und zertrat frostige Blumen, die beim ersten Sonnenschein durch die Schneeschicht dringen wollten, denn sie bedeuteten mir nichts, ich konnte sie nicht essen, ich konnte mit ihnen kein Feuer machen, frostige Blumen waren nutzlos, ich verachtete sie wegen ihrer Schönheit, die nichts brachte, die nicht an diesen Ort gehörte.

Ich möchte versteckt sein, ich möchte nahe den Ameisen sein, die würden über meine Nase krabbeln, das würde kitzeln.

Dir werfe ich nichts vor. Ich denke nicht, dass du gebrochen wurdest. Ich drücke die Brust raus und den Bauch rein, ich stehe sehr aufrecht. Ich bin wie du, ich bin stark. Wir wurden nicht gebrochen. Glaub an mich!

Ich setze mich. Der Steinboden ist kühl, ich drücke meine heiße Stirn dagegen. Als Kleinkind wollte ich in einem Steinbruch arbeiten, mich in den Granit wühlen wie ein Berserker, dessen Muskeln alles aus dem Weg räumen, den Berg allmählich zerschlagen.

Ich rufe nach etwas zu trinken, nach einer Wache, hämmere gegen die Tür. Da höre ich plötzlich in der Ferne einen Knall. Instinktiv ducke ich mich. Noch ein Knall, diesmal lauter und näher, geradezu ohrenbetäubend. Ich schaue aus dem kleinen Fenster, höre Wachen schreien.

Es knallt. Sind das Explosionen? Vor Aufregung zerreiße ich die königliche Fahne.

Es wird geschrien und gerannt und ich weiß nicht, was geschieht, im Takt der Explosionen klopfe ich auf den Boden, schlage gegen die Steine und singe Lieder, die ich aus meiner Kindheit kenne, um in den Lärm, der nun alles erfüllt, einzustimmen. Sirenen ertönen. Ich weiß nicht einmal, in welcher Stadt ich mich befinde. Von der Hütte hat man mich hergeschleppt, vor den Richter gestellt und ins Verlies geworfen. Nun donnert es draußen und ich hämmere gegen die Wände und hoffe, möglichst viele Menschen in ihren Häusern tun dasselbe, damit der Aufruhr auch von innen kommt, damit er allumfassend ist. Ein Schwall von Klängen hat eine ungeheure Macht, das weiß ich, weil ich mich erinnere, wie ich zitterte, als ich erstmals die Militärtrommeln und Fanfaren hörte, mit denen den königlichen Soldaten Mut und mir Angst gemacht wurde.

Im Wald traf ich einst einen jungen Musiker. Trompetenklänge, die durch den Nachthimmel drangen, führten mich zu ihm, er erzählte von einer Geige, die ihm weggenommen worden war, aus Blättern und Erde habe er sich jedoch diese Trompete gebastelt, was ich ihm nicht glaubte, und lächelnd sagte er, dann habe ich die Trompete eben gestohlen von einem Mann, der sie zum Spielen von verachtenswerten Hymnen gebrauchte. Aber lass uns sagen, ich hätte sie gebastelt und zwar aus Blättern und Erde, weil mir meine Geige genommen wurde.

Er wurde bald darauf, nachdem ich ihm begegnet war, von einem Trupp Soldaten verhaftet. Trompetenklänge, die durch den Nachthimmel drangen, führten sie zu ihm.

Ich höre, dass Feuerwehren ausrücken. Soldaten rufen durcheinander. Die Explosionen häufen sich. Schüsse fallen. Du kämpfst vielleicht gerade auf den Straßen, dir läuft Blut über die Hände, du hast in meiner Vorstellung eine Dornenkrone auf dem Kopf, die man dir in dem Gefängnis, aus dem du ausbrachst, aufsetzte, lässt dich davon jedoch nicht irritieren, die Stiche der Dornen reizen dich, du schreist wie nie zuvor, wie eine Löwin, die ins Amphitheater geführt wird und weiß, mit diesem Schrei muss sie erzeugen, was man von ihr verlangt, Furcht, schier grenzenlose Furcht und doch die Sicherheit, dass es für sie nichts zu gewinnen gibt, dass man als Mensch in den Zuschauerrängen immer den Sieg davontragen wird, die Löwin jedoch die Niederlage. Dennoch schreit sie, weil sie ihren Stolz nicht aufgibt, bevor sie verliert und auch dann nicht und wenn sie entstellt daliegt, ihr Fell verklebt von Blut, kann man sich sicher sein, dass die Scham sie erdrückt, sie schreien möchte, es jedoch nicht mehr kann, nie wieder so können wird, wie sie es getan hat, als sie hereingeführt wurde und als sie wusste, das ist der Schrei ihres Lebens, das bald ein Ende finden wird, der Augenblick des Schreies ist ihr letzter Triumph.

Nun stelle ich mir vor, wie du einen blonden Soldaten verprügelst.

>Achtung!
>Bleibt!
>Lass mich wie einen Raben sterben!
>Du Hund!
>Nein!
>Freiheit!
>Nein!
>Lauft!
>Schreie tosen durch die Mauern.

Ist das eine Schlacht? Ist das ein Krieg? Diese Fragen gehen mir durch den Kopf und ich vermag nicht zu sagen, was unter Worten wie Schlacht und Krieg zu verstehen ist. Das Königreich drohte Nachbarstaaten zwar manchmal mit Krieg, jedoch ist nicht zu erwarten, dass die Drohungen in militärische Aktionen umgesetzt werden, darauf ist man nicht vorbereitet, die Wirtschaft ist auf Frieden ausgerichtet, es gibt kaum Rüstungsindustrie, das Heer ist lange nicht reformiert worden, die Menschen wollen ihre Ruhe, die Adeligen ebenso, nur gröbere Attacken von außen könnten zu einem Krieg mit einem Nachbarland führen, doch diese sind kaum vorstellbar.

Da höre ich die Schlachtrufe der Revolution. Ganz deutlich vernehme ich die Forderung nach Freiheit und eine Parole gegen die strengen Zensurbestimmungen. Sofort beginne ich wieder zu rufen, man möge mich befreien, ich sei ein Freund der revolutionären Bewegung, ich sei zu Unrecht eingesperrt, ich hätte Kontakte zu Max Müller und in dem Moment, als ich das schreie, öffnet Max lächelnd die Tür zu meinem Verlies.

Wie kommen Sie hierher?

Ich führe die Revolutionstruppen an, sagt Max und lächelt.

Und warum stehen Sie nun bei mir im Verlies?

Wir haben das Gefängnis erobert. Einige wichtige Personen mussten befreit werden. Plötzlich habe ich gehört, wie mein Name gerufen wurde.

Ja, das war ich. Was geht draußen vor?

Kommen Sie mit, sehen Sie es sich an, sagt Max.

Ich folge ihm die Treppenstufen hinauf und sehe eine zerbombte Stadt.

Aus vielen Fenstern werden die Fahnen der Revolution gehalten, auf denen ein Fuchs zu sehen ist. Verletzte kriechen auf den Straßen auf der Suche nach Gliedmaßen, die sie gerade noch hatten, die Luft ist von Rauch erfüllt, es riecht verbrannt, ein paar Explosionen sind in der Ferne noch zu vernehmen, eine kleine Gruppe von Männern in schwarzen Uniformen, die sich von jenen der Soldaten stark abheben, geht singend vorbei.

In welcher Stadt befinden wir uns überhaupt?
Martinsbergen, eine kleine Grenzstadt. Strategisch wichtig.
Also habt ihr die Stadt angegriffen?
Wer sonst?
Max lächelt, streckt beide Arme aus und hebt sie zum Himmel. Seine Bubenaugen leuchten. Er sieht aus wie ein Kind, dem es gelungen ist, etwas anzustellen, von dem es lange abgehalten wurde. Er kniet sich hin und küsst den Boden, nimmt ein wenig Erde, isst sie, bietet mir auch welche an und fragt mich, ob ich auch die Freiheit schmecken wolle, ich lehne ab. Mit stolzer Stimme erzählt er mir, wie Port Robinson aus den Händen von Sepp Müller, seinem Vater, befreit wurde, wie weitermarschiert wurde und welche Städte bereits erobert werden konnten. Geplant sei, Richtung Hauptstadt und somit Richtung König weiterzuziehen.

Sie haben uns damals in Port Robinson im Stich gelassen, sagt Max.
Meine Freundin und ich hatten einen anderen Plan.
Welchen?
Wir dachten, in der Berghütte des verstorbenen Revolutionärs Hubert Ahnbach Mittel gegen die königliche Herrschaft zu finden.
Welche Mittel?
Meine Freundin hat mir nichts Genaues darüber erzählt.
Verkaufen Sie mich nicht für dumm, sagt Max.
Ich schweige.

Sie hatten Angst, sagt Max, geben Sie zu, was der Grund für Ihre Flucht aus Port Robinson war. Sie fürchteten sich vor der Gefangennahme und dem Tod, doch wenn die Revolutionstruppen nicht diese Stadt angegriffen hätten, wären Sie erst recht gestorben.

Ich bin Ihnen für meine Befreiung sehr dankbar, sage ich.

Zeigen Sie es mir. Gehen Sie zum Stadttor im Süden, dort wird noch gekämpft.

Ich laufe los. Sobald ich um zwei Straßenecken gebogen bin, öffne ich die Tür zu einem Haus, in dem sich glücklicherweise niemand befindet, und verstecke mich im Wohnzimmer unter einem Klavier.

Da öffnet sich der Deckel des Klaviers und eine alte Frau kriecht heraus.

Man versteckt sich in einem Klavier, nicht darunter, sagt sie mit erhobenem Zeigefinger.

Die Frau stellt sich als Prophetin Anna Kirschmann vor. Sie habe es gewusst, und als ich frage, was sie gewusst habe, sagt sie, alles, woraufhin ich mit den Augen rolle, was ihr missfällt, zudem behauptet sie, sie habe gewusst, ich werde mit den Augen rollen, ich sei ein Ignorant, wie alle Bewohner dieser Stadt, deren Untergang nicht abzuwenden sei, durch die Veränderung der politischen Verhältnisse werde zwar einiges anders werden, weshalb die Stadt auf andere Weise untergehen werde, am Ergebnis sei jedoch nichts zu ändern, bleiben werde ein rauer Wind, der über Ruinen fährt und aus den Ruinen wird ein letzter Mensch seinen Kopf stecken, den ein Rabe frisst, genau, ein Rabe, haben Sie gehört? Ha, ein Rabe. Anna Kirschmann lacht.

Noch vor der ersten Explosion habe sie sich im Klavier versteckt, denn sie habe gewusst, was kommen würde. Sie begrüße die Änderungen prinzipiell.

An und für sich ist das ja was Gutes, sagt sie. Eigentlich wollen die, die gekommen sind, was ändern.

Sie nimmt mein Gesicht zwischen ihre kalten Hände und macht eine bedeutungsvolle Pause, ehe sie sagt, das wird denen, die gekommen sind, aber nicht gelingen.

In dem Zimmer hängen Bilder von ernsten Männern in Rüstungen. Ein riesiger Kronleuchter zieht die Aufmerksamkeit auf sich, in zwei hohen Bücherregalen verstauben die *Gesammelten Werke* Rosamunde Pilchers und die *Große Geschichte des Königreichs*, die zwölf Bände umfasst und vom Königshof in Auftrag gegeben wurde. Anna Kirschmann bemerkt, dass ich mich im Haus umsehe, und hält fest, es sei nicht das ihre, sie finde die Einrichtung geschmacklos, vor allem das Klavier, staubig, kaputt, so wie die gesamte Stadt.

Ansatzlos fragt sie mich, ob ich Richard heiße, als ich verneine, kneift sie die Augen zusammen und will wissen, ob ich sicher bin.

Sie wissen, die Explosionen. Vielleicht sind Sie von denen verwirrt worden, Richard.

Ich bin sicher, dass ich nicht so heiße.

Haben Sie gekämpft und wollen Sie sich nun in diesem Haus verstecken, weil Sie den Mut verloren haben?

Ich habe nicht gekämpft.

Darf ich Ihnen etwas über die Schändlichkeit mitteilen, fragt mich Anna Kirschmann, nachdem sie sich einmal um sich selbst gedreht hat. Das Widerliche, das Schändliche kommt aus den Sümpfen, erzählt sie, aus frostigen Regionen, es wurde von Abenteurern in früheren Zeiten zu uns gebracht und das Wesen der Schändlichkeit fand Eingang in die Gemüter, in den Wirtshäusern begannen die Leute sich zu prügeln, in den Geschäften wurde gestohlen, Pilze wurden aus purem Hass zertreten, Kinder wurden grundlos angebrüllt, man befahl Schwächeren, nackt über den Hauptplatz zu laufen, dabei war nie ein Befehl ergangen, sich so zu verhalten, sie verstehen, dass die Schändlichkeiten keinesfalls zur Pflicht erklärt worden waren. Ich flüchtete in eine Höhle, um dort bei Adlern zu leben. Dort wurde ich weise. Doch es geht nicht um mich, es geht um das Fehlen jeglicher Ehrfurcht vor dem Guten, weil man es als schwächlich und allzu leicht zerstörbar einstuft, was stimmt, Sie wissen, das, was schmerzt, stimmt oft, ach, das ist übertrieben, mögen Sie Kräutertee? Ich habe welchen gemacht, im Klavier, nun schauen Sie nicht so.

Draußen liegen Leichen auf den Straßen, sage ich, diese Stadt wurde verwüstet, hören Sie mir auf mit Tee.

Ich könnte eine Tasse Tee gut vertragen, sagt Max und betritt das Haus.

Und ich wünschte, ich hieße Virginia und wäre jung, sagt Anna Kirschmann, doch Max beachtet sie nicht. Er starrt mich an und mich fröstelt.

Ich sagte Ihnen, Sie sollten sich an den Kämpfen beteiligen. Wie ich sehe, haben Sie das nicht getan. Wissen Sie, wo Ihre Freundin ist?

Nein. Wir wurden getrennt, als man uns verhaftet hat.

Max sagt, du habest tapfer gekämpft, habest ein Stadttor geöffnet und der Revolution so einen großen Dienst erwiesen, du hättest eine Gehirnerschütterung davongetragen und werdest in einem Lazarett behandelt, der Verband um deine Stirn sei in Sekundenschnelle völlig mit Blut durchwirkt gewesen, das sei richtig widerlich, aber er sei dir unendlich dankbar.

Als ich frage, wo du dich befändest und wie ich am schnellsten zu deinem Krankenlager gelangen könne, grinst Max und sagt, ach, das war doch nur ein Spaß, keine Ahnung, wo sie ist, nicht die Bohne, höhö.

Sein Lachen ist ein bitteres Glucksen.

Anna Kirschmann schlägt Max mit der flachen Hand auf den Hinterkopf.

Benimm dich, sagt sie.

Max sieht das humorlos, ruft Wachen herein und Anna Kirschmann, die auch jetzt nicht aus der Rolle der Prophetin fällt und herzzerreißend schreit, sie habe es geahnt, sie habe es geahnt, nein, gewusst, sie habe es gewusst, wird abgeführt.

Max wendet mir den Rücken zu und sagt im Fortgehen, er habe sich auf dem Stuhl des Bürgermeisters einzufinden, denn der Würdenträger liege tot vor den Stadttoren und könne seinen Platz nicht mehr einnehmen und irgendwer müsse immerhin dort sitzen, also werde er das erledigen. Ich könne ihn dort finden.

Schüsse sind nun keine mehr zu hören, die Straßen sind menschenleer, die Ruhe nach der Verwüstung wird nur durch einzelne Schreie hinter verriegelten Fenstern unterbrochen.

Du bist irgendwo in dieser Stadt, vielleicht unter Schutt begraben, verwundet, vielleicht versteckt in einem Keller, wo du Mais aus übergroßen Dosen isst und mit einer taubstummen älteren Dame komunizierst, indem du die Hände vor die Augen hältst, immer wenn Schüsse zu hören sind. Vielleicht bist du weit weg.

Am Wegesrand kniet eine Frau und hält ein Kind an sich gepresst, ich schaue weg, gehe schnell vorüber.

Auf die Trümmer hat jemand bereits *Ehre!* gesprayt und ich frage mich, was das soll, die Zeit der Duelle geht zu Ende, man schneidet heute nachts den Pferden des Feindes die Kehle durch, die Zeit der Ehre ist vergangen, es stört mich nicht, sie hat nur dazu geführt, dass Leute, die es nicht tun hätten müssen, sich berufen fühlten, die Abtrünnigen aus dem Wald zu holen, ihnen eine Sense in die Hand zu drücken und sie aufs Feld zu schleifen und zu sagen, arbeite, du Hund!

Das Weglaufen gefällt mir besser als die Konfrontation. Wenn ich dich finde, müssen wir sofort flüchten, ich halte die Blutspuren an den Trümmern nicht aus, zeig dich, damit wir fliehen können, wieder hinaus aus dem Königreich, wieder weit weg, ans Meer, wir werden am Strand spazieren. Wir sind nicht gescheitert, wir bereiten uns auf den zweiten Versuch vor, auch Weitspringer haben drei Versuche, zwei dürfen ungültig sein, dennoch können sie ein sehr gutes Ergebnis erreichen, wenn ein einziger Versuch nach Wunsch verläuft, die Massen im Stadion applaudieren. Wir sind jetzt einmal ins Ungültige gesprungen, wir dürfen uns darüber nicht den Kopf zerbrechen, wir müssen uns mental auf den nächsten Anlauf vorbereiten, komm jetzt her, gib mir die Hand, spring weit!

Zwei Männer hängen Flugblätter an die Türen der Häuser. Auf denen steht allerdings nichts geschrieben. Hängen sie tatsächlich leere Blätter auf? Vielleicht wurde mit einer Spezialfarbe geschrieben oder man kann nur etwas lesen, wenn man die Zettel gegen das Sonnenlicht hält, was derzeit unmöglich ist, denn die Aschewolke über der Stadt hat sich noch nicht verzogen.

Zwei Katzen streifen durch die Straßen, eine läuft durch einen Scherbenhaufen und springt erschrocken zur Seite, die andere kommt zu mir, berührt mein Bein, ich beuge mich hinab, um sie zu streicheln, doch sie schlägt mit der Tatze nach mir und beißt in meine Hand, die ich nicht schnell genug wegziehe, die beiden Katzen laufen weiter durch die ihnen nun wohl fremde Umgebung und fragen sich, was aus den Futterschüsselchen wurde, die dort vor der Tür standen, wo jetzt nur ein Haufen zerbrochener Dachziegeln liegt, sie miauen und geben vielleicht mir die Schuld an der Verwüstung, ich hebe die Schultern und lasse sie langsam wieder sinken, um zu zeigen, ich könne nichts dafür, das sei alles nicht in meinem Sinne.

Auf der Straße liegt ein verkohlter Perserteppich, in den jemand eingewickelt ist, ich sehe nicht genau hin.

Eine Frau in schwarzer Uniform läuft auf mich zu. Ihr Gesicht ist vermummt, nur ein Haarschopf lugt aus den um Mund und Nase geschlungenen Tüchern hervor. Sie winkt und fängt an, die Tücher abzunehmen. Lucys Gesicht erscheint, sie lächelt und sagt, na du.

Ich umarme sie.

Sie fragt, wo du seist, ich kann ihr das nicht beantworten und sie fährt mir durch die Haare, wuschelt darin herum und sagt, mach dir nichts draus, es geht noch alles etwas drunter und drüber, aber ist es nicht großartig, wir dringen immer weiter vor, es war heute ein Sieg auf ganzer Linie, bald ist nichts mehr, wie es war. Ihre Stimme ist euphorisch.

Nun kommt Simon auf uns zu, womit ich nicht gerechnet habe, während er sich nähert, erklärt mir Lucy, dass sie ihm einen Brief mit Entschuldigungen geschrieben habe, in dem sie ihm mitteilte, wie wichtig der Widerstand für sie sei, und ihm von dem Angriff erzählt habe, das sei ein riskantes Unterfangen gewesen, denn sie gab den Brief zwar einem Boten, der für die Revolution aktiv war, dennoch hätte die Nachricht von königlichen Soldaten abgefangen werden können, wurde sie aber nicht und Simon habe sich aufgemacht, um zur Revolutionsarmee zu stoßen, sodass er am heutigen Angriff bereits an ihrer Seite teilnehmen konnte.

Lucy und Simon umarmen sich und lächeln mich an, Lucy fragt, ist das nicht schön, Simon sagt, das ist schön, Lucy sagt, wir alle hier, Simon fügt hinzu, das hätte ich nicht gedacht. Lucy meint, lasst uns etwas trinken gehen, Simon sagt, das ist eine gute Idee, ich werfe ein, es wird kein Lokal offen haben, wenn gerade noch gekämpft wurde. Lucy und Simon lächeln, gehen zu einem zweistöckigen Haus mit pompösen Säulen vor dem Eingang und schlagen ein Fenster ein, um ins Innere zu gelangen. Ich folge ihnen.

Lucy und Simon suchen nach Nahrungsmitteln und finden Brot, eine Stange Wurst, Milch und Wein, sie sagen, das sei ja wie früher, als wir zu dritt abends zusammensaßen und ich von meinen Abenteuern im Wald erzählte. Lucy sagt, wie froh sie sei, nie wieder am Spinnrad sitzen zu müssen, sie zeigt mir ihre Hände, die werden nie wieder, wie sie sein sollen, sagt sie, aber weil meine Hände nicht mehr zart sind, kann mit ihnen gut gekämpft werden.

Lucy und Simon haben mich oft bei sich aufgenommen, doch nie habe ich sie erlebt wie jetzt, meistens waren sie erschöpft, wenn ich zu ihnen kam, sie jammerten, Simon sagte, oje, ich fragte, was ist denn, er sagte, du weißt schon.

Wenn ich vom Wald erzählte und wie ich wieder einer Patrouille knapp entgangen war, auf welche Tiere ich gestoßen war, lauschten sie andächtig und Lucy fuhr sich mit der Zunge über die Oberlippe, stand auf und bot mir etwas zu essen an, ich müsse doch hungrig sein, sie habe Hirsebrei gemacht, ganz frisch, schmecke sehr gut, Simon könne das bestätigen. Simon wurde dann genötigt zu sagen, der Hirsebrei schmecke gut, ich musste essen.

Ich erkenne ein seltsames Licht in den Gesichtern von Lucy und Simon. Sie sehen aus, als schwirrten fettleibige Glühwürmchen unter ihrer Haut.
 Du hast uns die Augen geöffnet, sagt Lucy.
 Zuerst Lucy, dann mir, sagt Simon.
 Beide bedanken sich.
 Mir ist es unangenehm, in diesem fremden Haus zu sitzen und zu essen und ich sage, ich fühle mich falsch. Lucy möchte wissen, was ich meine.

Ich komme mir vor wie ein Verbrecher, falsch eben, sage ich, und ich ernte empörte Blicke.
Lucy und Simon beißen zeitgleich in ihre Wurstbrote.

Verbrechen, sagt Simon, ist das nicht, wenn man einen Mann, dessen Frau fortging, um gegen eine unerträgliche Regierung vorzugehen, mitten in der Nacht im eigenen Haus überfällt, ihn weckt, indem man ihm einen Kübel Wasser über den Kopf schüttet, ihn fesselt, ein gleißendes Licht auf sein Gesicht richtet und ihm permanent Fragen stellt und behauptet, ein paar Fragen seien doch nicht schlimm? Das ist mir passiert. Danach bin ich fortgegangen, weil ich mir dachte, vielleicht gehen die Soldaten das nächste Mal nicht mehr alleine weg, sondern nehmen mich mit. Verwechsle nicht, wer gut und wer böse ist, Verbrecher sind wir keine. Vergiss nicht, was du hassen sollst und was nicht. Der König ist der schlimmste Verbrecher von allen. Was von seiner Tochter zu halten ist, wissen wir nicht mit Sicherheit.

Deine Verhaftung erwähne ich nicht und auch sonst rechtfertige ich nichts, ich schenke mir stattdessen Milch in ein gesprungenes Viertelliterglas und trinke hastig.
Ich stehe auf und verabschiede mich, ich hätte nach dir zu suchen, es habe mich sehr gefreut, bis bald, hoffentlich.

Ich bin müde und möchte schlafen und den Träumen, denen ich im Grunde ablehnend gegenüberstehe, noch eine Chance geben. Wie du es wohl gerade mit dem Träumen hältst?

Hast du jemals von einer feuerroten Kugel geträumt, die auf einem Kissen liegt? Das sei die Verbindung von Leidenschaft und Harmonie, sagte mir einst ein Priester, eine sehr gefährliche Kombination, hüte dich vor Onanie, setzte er hinzu, konzentriere dich auf die Harmonie, werde ich machen, sagte ich, da hatte ich dich noch nicht getroffen.

Wenn du träumst, befindest du dich manchmal in einem Spiegelkabinett, in dem Finsternis herrscht? Nur manchmal leuchten grelle Farben auf, kleine Tiere krabbeln über dich, sie halten sich an deinen Fingern fest und lassen sich nur schwer abschütteln, du hörst Befehle, die klingen, als brülle sie ein Gutsherr den Feldarbeitern zu.

Wenn ich zu viel denke, vergesse ich, wo die Trümmer liegen, aber ach, da sind sie ja, am Straßenrand, wo sonst?

16

Es sind schon seit einiger Zeit keine Schüsse mehr zu hören, dafür tönen aus verschiedenen Ecken der Stadt revolutionäre Lieder, kleine Gruppen sammeln sich, plündern Weinkeller und erzählen einander lachend ihre Taten. Wie sie sich geduckt haben, wie sie gerannt sind, was sie gehört haben. Darüber, wie es weitergehen wird, sind sie sich einig, nämlich gut. Wenn einmal etwas Großes passiert, muss man die Heugabel weglegen und an besagtem Großem teilnehmen, schon allein, weil man später, wenn man Enkelkinder hat und in einem Schaukelstuhl sitzt, sagen können will, dass man dabei war. Wer nicht dabei war, wird nicht mitreden können, vielleicht wird jemand, der nicht dabei ist, auch gar nicht überleben, es lohnt nicht, über diesen Feigling zu reden, finden die singenden Männer, die geschlossen meinen, es lohnt sich, zu applaudieren und mit Flaschen anzustoßen.

Auf dem Schutt wird getanzt. Der Kupferschmuck der Frauen fällt zu Boden, weil sie sich so schnell drehen, und die Männer müssen sich außer Atem und mit Schwindelgefühlen hinsetzen, denn so viele Drehungen sind sie nicht gewohnt, so ein Tohuwabohu, sagen sie, ist nichts mehr für Männer ihres Alters, dennoch mögen sie es, dem bunten Treiben zuzusehen und ab und zu den Frauen, die sich noch immer gerne um die eigene Achse drehen, auf die Schultern zu klopfen. Sie schenken sich Schnaps ein, trinken und lachen.

Sanitäter gehen von Haus zu Haus und fragen nach Verletzten. Es würde keinem Bürger der Stadt etwas zustoßen, ganz gleich, welche politische Einstellung er habe, man werde jedem helfen.

Danke, wir kaufen nichts, sagt ein kleiner Junge und schlägt die Tür vor den Sanitätern zu. Wenige Augenblicke später öffnet er sie wieder und meint, ein Pflaster wäre doch ganz gut.

Einer der Sanitäter fragt, ob denn jemand im Haus verletzt sei.

Nein, antwortet der Junge.

Bist du dir da ganz sicher?

Ja. Aber ein Pflaster kann man immer brauchen, sagt der Junge mit erhobenem Zeigefinger.

Ich lasse mir von den Sanitätern den Kopf verbinden, da diese behaupten, ich würde bluten, was ich nicht bemerkte und mir nicht erklären kann, wie das passieren konnte, aber der Turban ums Haupt wird alle glauben machen, ich sei in Kämpfe verwickelt gewesen. Das wird mir Respekt verschaffen, wenn ich an die Leute herantrete, die Herantretende wahrscheinlich nicht mögen, denn die Menschen wollen ihre Ruhe haben nach einem anstrengenden Tag, sie wollen trinken, ohne aufsehen zu müssen zu jemandem, den sie nicht kennen und der auch noch Fragen stellt. Wenn man an einem Fremden eines nicht mag, dann dass er Fragen stellt, was ich aber tun werde, um dich zu finden.

Wenn ich dich gefunden habe, werde ich nichts fragen, sondern ganz still sein und dir eine Taucherbrille geben und wir werden uns vorstellen, wie es wohl wäre, in der Tiefsee zu tauchen. Wir sähen hinab zu einem Korallenriff, gelblich leuchtende Fische schwämmen neben uns, wir berührten sie kurz, sie schreckten zurück.

Ein Mädchen auf einem braunen Pferd reitet durch die Straßen, vor mir wird der Galopp zum Trab, das Pferd kommt zum Stillstand, das Mädchen steigt ab. Susi Müller, sagt sie und streckt mir eine Hand entgegen. Viel hätte sie schon von mir gehört, ihr Bruder schätze mich sehr, heute habe er jedoch in negativer Weise von mir gesprochen, ich solle es mir nicht mit ihm verscherzen, er sei ein mächtiger Mann, er sei ein Denker, der zu Macht gelangte, was ihn jedoch verwirre, er werde von Tag zu Tag schwieriger zu berechnen und kälter, es sei empfehlenswert, sich mit ihm gut zu verstehen. Er halte Gericht über die gefangenen Stadträte, höheren Beamten und Edelleute und sie müsse bald wieder zu ihm, um ihm allzu große Härte auszureden.

Max kennt kein Maß, sagt Susi Müller. Er denkt, er darf tun, was man an ihm getan hat, deshalb muss ich zu ihm gehen und sagen: Nein, das darfst du nicht.
  Wenn er es nicht versteht, haue ich ihm immer ein Buch auf den Schädel, bis er es versteht.

Bevor sie geht, fragt sie, ob ich das Lied kenne, das davon handelt, wie Schnee eine zerstörte Stadt bedeckt und all die Trostlosigkeit plötzlich idyllisch wirkt.
  Nein, ich kenne es nicht.
  Das ist auch besser so, sagt Susi, es ist verlogen, von Grund auf scheinheilig und falsch.

Ich frage die Menschen auf der Straße, ob sie mir Hinweise auf deinen Aufenthaltsort geben könnten, doch niemand kennt dich, hat von dir gehört oder ist an dir interessiert. Es ist Abend, es ist heute viel passiert, es ist die Zeit der ruhenden Sieger, die höchstens aufstehen, um sich zu verbeugen, wenn ich sie frage, was sie wüssten, sehe ich in ihren Augen das Verlangen, die Füße geküsst zu bekommen für die vielen schnellen Schritte, die sie getan haben.

Ich gehe schlafen, ohne etwas von dir erfahren zu haben, umarme einen Sack Reis um des Umarmens willen und erwarte, von Explosionen zu träumen, von Schmerzensschreien und Krieg.

Mein Traum im ersten Teil der Nacht:
    Ein Junge steht in einer Landschaft,
    lange geschieht nichts,
    ein Heißluftballon fliegt an ihm vorbei,
    der Junge rennt gegen einen Gartenzaun und der Zaun fällt um.

Die Traumdeuter des Königs und überhaupt das gesamte Geschäft mit dem Träumen, das im Königreich um sich greift, finde ich lächerlich. Alle Abwegigkeiten sind, sobald sie geträumt werden, von einem tieferen Sinn durchdrungen, den nur erkennen kann, wer halbverrückt in einer Waldhütte als lebendes Orakel sitzt oder am Hof des Königs ein hochwohlgeborener Traumdeuter ist. Die Priester übernehmen diese Funktion auch oft. Sie behaupten allzu häufig, bestimmte Trauminhalte seien sündenhaft, wenn nicht gar teuflisch, zum Beispiel rote Farbe, dunkle Katzen, lange Beine, weshalb auf jede Nacht Bußgebete folgen sollen, denn Reinheit bei Tag verliert sich bei Nacht, was nicht gut ist, denn Reinheit soll sich, wie die Priester wissen, nicht verlieren, sondern bestehen in strahlendem Licht, am besten für immer. Doch darüber kann ich nur lachen, da kann ich nur gegen Gartenzäune springen und zum Himmel hochblicken und mir dabei rein gar nichts denken.

Mein Traum im zweiten Teil der Nacht:
Unzählige Katzen sitzen in einer Villa. Ich liege auf einer Ledercouch und beobachte sie.

Schwitzend schrecke ich auf, weil ich aus dem Schlaf die feste Überzeugung mitnehme, eine Katze sei in der Tür eingeklemmt und benötige Hilfe, doch da ist keine Katze, da bist du.

Du fragst mich, ob ich Tee möchte.
Bist du es wirklich?
Ja, sagst du, ich habe dich die ganze Nacht gesucht. Ich dachte mir, dein Gefängnis sei vielleicht über dir zusammengebrochen.
Und ich träume nicht?
Ach, wer träumt denn in so einer Nacht? Du hast lange geschlafen. Draußen werden schon die ersten Urteile vollstreckt.
Ich möchte nicht wissen, was das genau bedeutet, richte mich langsam auf und strecke meine Hände nach dir aus, erreiche dich aber nicht, verharre wie ein kleines Kind, das die Hände in Richtung Mutter hochhält und aufgenommen werden will, du siehst mich skeptisch an und gehst davon, kommst allerdings wenige Augenblicke später mit einer Teekanne und zwei Tassen wieder.

Du erzählst, nachdem der Richter das Urteil über mich gesprochen hatte, seist du in ein riesiges, mit rotem Samt ausgekleidetes Zimmer gebracht worden, in dessen Mitte ein weißer Stuhl stand, über dem eine Glühbirne hing, die leuchtete, wenn man sich setzte. Zudem ertönte ein Lobgesang auf deinen Vater. Du habest dich hingelegt und geschlafen, manchmal seist du geweckt und gefragt worden, ob du deine Einstellung zum König überdacht hättest, ob du wieder eine gute Tochter sein wollest, ein anständiges Mitglied der königlichen Familie. Anscheinend hatte der Aufenthalt in diesem Zimmer zum Ziel, dich zum Umdenken zu bewegen, doch du schliefst, der Schlaf schützte dich, du hörtest das Lied nicht, das deinen Vater pries. Auch der Samt konnte dich nicht beeindrucken. Wenn er nicht gewesen wäre, hättest du dich auf Holz gebettet, auch Erde hätte dir genügt, du hast nie nach Samt verlangt.

Kurz nachdem die ersten Schüsse gefallen waren, wurdest du bereits befreit, du hieltest dich bei den Kämpfen jedoch im Hintergrund. Du zerrtest einen Angeschossenen in ein Haus, bandagiertest seine Wunden und gabst ihm zu trinken und saßest neben ihm, als er von einem hohen Berg erzählte, auf den er einst mit seinem Vater gestiegen war. Er sprach von den Höhen, die er niemals wieder erreichen würde, und von dem Blick über die Landschaft, in der in scheinbar regelmäßigen Abständen Hütten standen, aus deren Schornsteinen Rauch aufstieg, und von dem Gipfelkreuz, auf das leichter Regen fiel. Du bist eine Weile neben dem Mann gesessen und hast auf seinen linken Fuß geschaut, der zuckte wie eine Fliege, die zwar schon erschlagen worden war, doch noch nicht die rechte Stille gefunden hat.

Du nippst an deinem Früchtetee und sprichst über die Zukunft, die du dir schwärzer ausmalst, als ich vermutet hätte, du glaubst, ein königliches Heer wird entsandt werden, das vom Widerstand nicht viel übrig lassen wird. Du holst dir zwei Würfelchen Zucker aus der Küche, du kennst dich aus in diesem Haus, als sei es deines, und ich denke mir, vielleicht können wir es zu unserem machen. Wir könnten hierbleiben, du holst den Zucker, ich schäle die Kartoffeln, abends sitzen wir auf dem Balkon im Obergeschoss und schauen auf die Abendsonne, die nie untergeht, höchstens wenn ein Vogel sie zu Boden stößt.

Absurd, nie könnten wir hier leben.

Du beugst dich zu mir und zupfst an meinem Kopfverband. Still zu sein bedarf es wenig und wer still ist, ist leicht traurig, das wüsstest du, weil du es lange warst, und du kamst in ein Dorf, wo du es noch besser lernen solltest.

Wir werden fliehen. Wir werden uns in die Büsche schlagen, wenn es auf den Wegen raschelt, in alten Burgruinen werden wir uns verstecken, auf einer zusammengebrochenen Tafel aus morschem Holz werden wir Brot und Wasser essen, als Fahne werden wir ein weißes Leintuch hissen und damit man es nicht als das Zeichen des Aufgebens versteht, müssen wir mit blauer Farbe ein Kreuz darauf malen. Unter diesem Banner werden wir entschwinden, so lautet der Plan, sagst du, den du gemacht hast, weil du dich an die Worte des Kriegsministers, der von Plänen so viel hielt, doch noch ein wenig erinnern kannst. Nun müsse der Plan umgesetzt werden, was so schwer nicht sein könne, denn da wir immer noch leben und Tee trinken, könne man ruhig behaupten, wir seien unsterblich, schaden könne das deiner Meinung nach jedenfalls nicht.

Unsterblichkeit macht uns unvorsichtig, lass uns damit lieber nicht spielen, vergiss das mal ganz schnell.

Okay, sagst du.

Wenn wir in Sicherheit sind, male ich ein Bild von einer idyllischen Schlucht, das hängen wir dann dort auf, wo wir bleiben, und dann sprechen wir gemeinsam von Heimat.

Ausgeträumt, sagst du und schüttest mir den letzten Rest Tee, der noch in der Tasse war, über meine Hose. Wie habe ich deine Unberechenbarkeit vermisst.

Lass uns rausgehen, sagst du.

Werden dort noch Urteile vollstreckt?

Kann sein.

Ich will das nicht sehen, sage ich und verschränke die Arme.

Du stehst dennoch auf und gehst hinaus und bist dir sicher, dass ich dir nachlaufe.

Jetzt warte mal, rufe ich, ehe ich aufstehe und dir nach draußen folge.

Betrunkene in schwarzen Uniformen lehnen an Häuserwänden und genießen die ersten Sonnenstrahlen und die freudigen Rufe, die vom Hauptplatz kommen, wo die Urteilsvollstreckungen stattfinden, wobei ich noch immer nicht weiß, was genau darunter zu verstehen ist. Mancher, der gestern zu viel gefeiert hat, liegt im eigenen Erbrochenen. Zwei Männer, die sich gegenübersitzen, schlagen gleichzeitig die Augen auf und lachen sich gegenseitig aus, es ist ein sehr friedliches Lachen. Dann kippt einer von ihnen zur Seite und bleibt mit dem Gesicht auf dem Boden liegen. Er schläft wieder ein.

Wir müssen mit Max reden, sagst du.

Hast du ihn denn getroffen?

Ja, er meinte, wir sollen heute zu ihm kommen. Er sitzt im Bürgermeisteramt.

Ich weiß nicht, ob er gut auf mich zu sprechen ist.

Ach was, ich wurde gestern auf seinen Befehl hin befreit. Er mag uns.

Wenn du das sagst, wird es so sein, murmle ich.

Wir gehen in Richtung Bürgermeisteramt.

Manchmal ist mir, als seien wir Akteure in einem Theaterstück, das bereits viel zu lange dauert, und wir haben deshalb vergessen, dass es ein Theaterstück ist, sage ich und du siehst mich fragend an.

Wir haben vergessen, dass sich der Vorhang senken kann, die Lichter im Saal angehen können und wir hinter die Bühne müssen und so werden sollen, wie wir eigentlich sind. Wir wissen nicht mehr, wohin wir gehen sollen, wenn wir das Theater verlassen, nur dunkel erinnern wir uns, dass wir Familien hatten, kaum mehr bekannt sind uns jene Orte, an denen wir doch so lange gesessen sein müssen, denn immerhin sind wir älter geworden und wo sind wir gealtert, wirklich nur im Theater? Ich ängstige mich vor dem Moment, wenn jemand sagt, Vorstellung vorbei, geht nach Hause.

Noch immer siehst du mich ratlos an, aber mehr ist da nicht, das war alles, Akteure in einem Theaterstück, verstehst du denn nicht?

Bei einem provisorisch zusammengezimmerten Lebensmittelstand an einer Straßenecke kaufen wir zwei mit Käse belegte Brote. Die Verkäuferin besteht darauf, uns zwei Erdbeerdrops zu schenken, mache ich doch gerne, sagt sie und fügt lächelnd hinzu, ein Drop für bessere Zeiten. Kann man aber auch gleich essen.

Du unterhältst dich mit ihr über den gestrigen Angriff und fragst sie nach ihrer Meinung über die Vertreibung oder Gefangennahme der königlichen Würdenträger.
 Das muss so sein, was will man machen, sagt sie.
 Es könnte schon anders sein. Wäre es Ihnen lieber, wenn gestern nichts passiert wäre?
 Was will man machen?
 Was halten Sie vom König?
 Was soll ich schon von ihm halten?
 Mögen Sie ihn?
 Er ist der König.
 Aber mögen Sie ihn?
 Er ist der König.
 Er tut viel Schlechtes.
 Was will man machen?
 Ach, sagt du.
 Ach, sagt die Verkäuferin.

Weil dir die Verkäuferin noch mehr Erdbeerdrops schenken will, fühlst du dich genötigt, eine Tüte davon zu kaufen.

Wir sprechen über die Süßigkeiten, die wir als Kinder aßen, und stellen fest, dass wir kaum welche bekamen. Ich hatte kein Geld, um mir welche zu kaufen, und niemand schenkte mir Kaugummis oder Gummibären und du solltest nicht naschen, weil die Zähne einer Königstochter nicht verdorben werden durften.
 Süßigkeiten haben wir also beide nie bekommen. Was hat uns noch gefehlt, fragst du.

Hm. Ich hatte oft nicht einmal Brot, antworte ich.

Brot hatte ich immer genug.

Was hast du dir dann gewünscht?

Ich weiß nicht so recht. Ich hätte immer gerne ein Floß gehabt, um damit zu fliehen. Aber ich war zu ungeschickt, um mir eines zu bauen, und niemand half mir. Ich sollte an Land bleiben.

Deine Schwester half dir nicht?

Nein, die hielt von meinen Fluchtplänen nie viel. Sie wollte immer alles ändern und redete von Widerstand. Abgehauen wäre sie nie.

Ich hätte deine Schwester gerne einmal kennengelernt.

Sie hätte dich nicht gemocht.

Warum denn das?

Weil du mir so nahe bist.

Wäre das ein Problem für sie gewesen?

Natürlich. Wenn ich jemanden ins Herz schloss, wurde er von ihr beschimpft.

Das hört sich aber nicht nett an.

Ansichtssache, sagst du.

Mich freut, dass du vorhin gesagt hast, ich sei dir nahe.

Ich will einen Arm um deine Hüfte legen, du wehrst ihn ab wie eine lästige Fliege.

Wenige Augenblicke später legst du einen Arm um meine Hüfte. Ich finde die Berührung und die Art, wie wir nun nebeneinander gehen, sehr seltsam.

Gleich haben wir das Bürgermeisteramt erreicht. Max residiert darin. Das Gebäude ist von Löwenstatuen gesäumt, manche davon wurden umgeworfen, die Fahnen der Revolution hängen aus den Fenstern. Der Zutritt wird uns von zwei großgewachsenen Männern verwehrt. Du beginnst, lautstark mit ihnen zu diskutieren. Da öffnet Max eine Tür am Ende eines langen Ganges, an dessen Decke Kristallleuchter hängen.

Lasst sie durch, befiehlt er.

In dem pompös eingerichteten Büro, in dem ehemals der Bürgermeister über Baupläne, Stadtordnungen und Anträge entschied, stehen ein Klavier, ein Cembalo und ein Saxophon, was vermuten lässt, dass der Bürgermeister ein sehr musikalischer Mensch war. Ich bin erstaunt darüber, wie sehr mich das überrascht.

Musik ist vielen Leuten im Königreich fremd. Sie darf nur unter strengen Regeln gehört werden, zwischen Sonnenaufgang und Aufbruch zur Feldarbeit und bei offenen Fenstern, damit jeder hören kann, dass man nicht konzentriert arbeitet, denn die Musik, so viel steht für die königlichen Behörden fest, lenkt von der Arbeit ab, weshalb man sich dafür schämen muss und man das Musikhören bald aufgibt. Manchmal flüstert man noch, wenn man die Sense schwingt, parapa pam, aber bald vergisst man den Rhythmus, vergisst man darauf.

Können Sie Klavierspielen, fragt dich Max.
    Leider nicht.
    Das kann niemand, sagt er bedauernd.
    Er kann es, sagst du und zeigst auf mich, doch das leugne ich, ich möchte die Instrumente des gestürzten Bürgermeisters nicht berühren.

Max nimmt einen Totenschädel, in dem Stifte stecken, vom Schreibtisch.

Den Schädel, sagt er, habe ich auf dem Boden in diesem Raum gefunden, zuerst habe ich ihn in die Ecke geschossen, ich wollte ihn nicht weiter beachten, doch immer, wenn ich um mich blickte, galt meine Aufmerksamkeit diesem Schädel, also nahm ich ihn, legte ihn auf meinen Schreibtisch und steckte Stifte hinein und er fiel mir nicht mehr auf. Es war, als hätte er seinen Platz gefunden, aber das erschien mir nicht richtig, ich kam mir schlecht vor. Sagen Sie mir, bin ich ein Tyrann, weil ich einen Totenschädel am Arbeitstisch liegen habe?

Wir antworten ihm nicht.

Ich habe nun eine wichtige Frage, sagt Max. Er schaut dich durchdringend an.

Welche denn, fragst du.

Sind Sie tatsächlich die Tochter des Königs und wie steht er zu Ihnen?

Ja, das bin ich. Wie er zu mir steht, kann ich nicht sagen.

Er streitet nämlich ab, Sie zu kennen.

Was?

Meine Vertrauten stehen in Kontakt mit dem königlichen Hof. In einem offiziellen Schreiben, das uns heute erreichte, wird die Behauptung, der König hätte eine lebendige Tochter, als Unsinn abgetan. Seine einzige Tochter sei bei einem tragischen Unfall verstorben.

Das ist gelogen.

Max nimmt dich bei der Hand.

Sie wissen, Sie können in diesem Konflikt womöglich eine bedeutende Rolle spielen. Die Revolution hält stets zu Ihnen, doch niemandem ist bekannt, dass in den letzten Jahren bei Hof die Rede von einer Königstochter war.

Ich lebte in einem Dorf.

Wieso?

Ich sollte zurückkehren, wenn ich den Tod meiner Schwester verwunden und mein Verhalten der bei Hof erwarteten Sitte angepasst hätte.

Das soll ich glauben?

Max geht auf und ab, befiehlt einem seiner Männer, ihm eine Buttermilch zu holen, und ohrfeigt, ansatz- und scheinbar grundlos, einen anderen seiner Untergebenen.

Ich glaube Ihnen, sagt er schließlich. Ich werde gleich ein Schreiben an den König aufsetzen. Zunächst müssen Sie nichts für mich tun, aber bleiben Sie auf jeden Fall in der Stadt. Kann ich mich darauf verlassen?

Natürlich, sagst du.

Max trinkt seine Buttermilch, verschüttet etwas davon und flucht.

Wir gehen hinaus.

In den nächsten Stunden beteiligen wir uns an den Aufräumarbeiten, die an verschiedenen Ecken der Stadt begonnen werden. Du sammelst zerbrochene Ziegel ein, kehrst Scherben zusammen und steckst dir manche in die Tasche, das ist etwas, das du von deiner Schwester hast, die wiederum erzählte, das sei ein Ritual eines längst ausgestorbenen Volkes aus dem Norden gewesen.

Scherben in der Tasche zu haben bedeutete, sehr kräftig zu sein und selbst niemals zu zerbrechen, weshalb die hohen Würdenträger des Volkes ihren Elitekriegern vor Schlachten eigenhändig Scherben in die Taschen steckten, weil diese das selbst oft nicht taten, sie wollten ihre Tapferkeit unter Beweis stellen, indem sie ohne Scherben kämpften, aber das war ihnen nicht erlaubt. Scherben für alle.

Deine Schwester zerschnitt sich oft die Finger, wenn sie bei Tisch trotzig die Hände in den Taschen verbarg, wobei es ihr gut gefiel, wenn ein bisschen Blut von ihrem Zeigefinger auf den Salat tropfte und dem Dressing eine eigenwillige Farbe verlieh. Gegessen hat sie nie viel.

Ich freue mich auf den Abend, den wir hoffentlich zu zweit in einem gut geheizten Raum verbringen werden, dann könnte ich vorschlagen, unsere Kleidung zu waschen, was wirklich nötig wäre und wozu wir sie ablegen müssten, was mir entgegenkäme, denn dann sähen wir uns nackt, und wenn wir uns so gegenübersäßen, könntest du sagen, na du hast aber viele Muttermale, und ich könnte antworten, ja.

Das Gerücht, eine Armee des Königs formiere sich gerade oder sei bereits auf dem Weg in die Stadt, um sie zurückzuerobern, geht durch die Reihen der Aufräumenden.

Hast du gehört, ja, echt, na aber hallo, die werden doch nicht wirklich, was soll man denn, was kann man denn machen, mal abwarten.

Die Nachmittagssonne versteckt sich hinter bauchigen Wolken, bald wird Regen kommen, weshalb große Tonnen und Kanister aufgestellt werden, da sich die Bürger auf einen Zusammenbruch der Wasserversorgung vorbereiten, denn als ungefähr zu Mittag das Gerücht aufkam, das Wasser aus den Leitungen schieße nicht mehr so rasch hervor wie gestern noch und bald werde gar keines mehr kommen, rannten die Leute nach Hause und drehten ihre Wasserhähne auf und waren skeptisch, ob da nicht tatsächlich gestern noch mehr Druck dahinter war, sicher waren sie sich freilich nicht, doch man konnte nie wissen, man konnte aber vorsorgen, also lieber mal Kanister aufstellen, sagen die Leute, lieber nicht unnötig rumalbern, lieber auf Nummer sicher gehen.

Hoffentlich regnet es bald, sagt eine Frau, die mit geöffnetem Mund zum Himmel hinaufschaut. Wenn es nicht regnet, stehe ich blöd da.

Als es Abend wird, begeben wir uns in das Wirtshaus *Zum goldenen Jäger* und bestellen einen Rindfleischeintopf und eine Flasche Rotwein.

Du erinnerst dich daran, wie früher im Dorfwirtshaus die Bewegungen der Betrunkenen unsicher wurden, wie sie auf dem Steinboden aufschlugen, wenn sie fielen, und daraufhin Zähne ins Glas spuckten. Ihre unbeholfene Lüsternheit und ihr Gebrabbel schreckten dich ab.

Du fragst mich, ob ich schon oft betrunken gewesen sei.

Es geht, sage ich. Ich hatte eigentlich nie Geld für Alkohol.

Im Dorf hatten viele Leute auch kein Geld und waren dennoch fast immer betrunken. Gerade wenn man nichts hat, trinkt man doch.

Wenn man gar nichts hat, trinkt man eben nicht, sage ich und du nickst, als ob wir uns einig wären. Das Lokal ist verraucht und schlecht beleuchtet, manch einer würde das echte Wirtshausatmosphäre nennen, du sagst jedoch, es sei verraucht und schlecht beleuchtet und sonst nichts. Du hustest.

Wir blinzeln uns zu, das Licht wird schlechter, geht aus, ein Glas geht zu Bruch, jemand schreit, das könne ja nicht wahr sein, das Licht geht an, der Rindfleischeintopf wird serviert und sieht ekelhaft aus. Trotzdem essen wir gierig.

Ein Junge läuft herein, verlangt nach einem Glas Buttermilch und wirft es an die Wand, sobald er es bekommt. Er schreit, er sei Max Müller, doch das ist er offensichtlich nicht, er springt auf einen Tisch und stampft auf dem unter ihm knarrenden Holz. Der Wirt eilt zu ihm und hebt ihn vom Tisch. Der Junge stößt den Wirt von sich, einige Männer lachen.

Das war Kunst, sagt der Junge, versteht ihr denn gar nichts, das war die Parodie eines Herrschenden, das macht man so, das war Satire, ihr Ahnungslosen, gebt mir noch ein Glas Buttermilch!

Du erzählst von den humoristischen Darbietungen am Königshof, die du als Kind miterlebtest, von den Hofnarren mit ihren Rasseln, deren Witze umso erbärmlicher waren, je mehr sie auf und ab hüpften. Wenn sie begannen, Handstände zu vollführen oder über ein immer schneller schwingendes Seil zu springen, wusste man, es fällt ihnen nichts mehr ein und sie befanden sich in höchster Not, denn weder der König noch der Verein »Lachen e.V.« duldeten schlecht dargebotene Witzkunst, den Narren drohte bei Versagen der Kerker. In Anbetracht dieser Bedrohung fiel es ihnen schwer, lustig zu sein. Als Kind dachtest du über die Belastung der Hofnarren freilich nicht viel nach, sondern zwicktest sie in die Schenkel, wenn sie dich aufforderten, bei einem Zaubertrick mitzuhelfen.

Als einmal einer der sogenannten Zauberkünstler einen Hasen, den du sehr gerne hattest, in seinem Zylinder verschwinden ließ und zuerst gar nicht und nach Stunden kläglicher Versuche nur in zerquetschter Form wieder auftauchen lassen konnte, weintest du bitterlich und wolltest von Zauberei für lange Zeit nichts mehr wissen.

Der Junge, der sich als Max Müller ausgab, sitzt am Nebentisch, löffelt eine Suppe und erzählt vom Überqueren des Meeres und von einem fernen Land.

Wenn man mehrere Wochen auf dem Meer zubringt und immer weiter segelt, gelangt man zu einem Land, das noch kaum jemand sah. Wilde Tiere streunen dort umher, Schmetterlinge stechen mit giftigen Stacheln, Schnecken in Menschengröße laufen auf sieben Beinen, Sirenengesang lockt einen in Höhlen, in denen Drachen warten, Totenköpfe liegen an den Küsten, der Treibsand verschlingt die Leichen, die Köpfe werden an die Oberfläche gespuckt, im Hinterland befinden sich Schätze, die nicht zu erreichen sind, von neunköpfigen Hunden werden sie bewacht. Vereinzelt stehen Tempel auf Bergen und niemand weiß, wer sie gebaut hat. Mehr Suppe, verdammt! Oder ich erzähle nichts mehr.

Der Junge bekommt noch einen Teller Suppe, erzählt aber trotzdem nicht weiter.

Du nippst an deinem Wein, verziehst das Gesicht und stellst das Glas vor mir ab, trink aus, sagst du, und lass uns dann ein Zimmer nehmen.

Ich frage den Wirt nach einem Zimmer, er antwortet, gestern seien die Häuser vieler Menschen zerstört worden, er habe deswegen nichts mehr frei. Er könne uns nur einen Stall anbieten, dort sei es sehr romantisch. Er zwinkert seltsam, kneift beide Augen zu, vielleicht ist das gar nicht als Zwinkern zu verstehen.

Haben Sie denn sonst gar nichts für uns frei, frage ich.
Leider nicht, sagt der Wirt.
Wir nehmen den Stall, sagst du.
Aber zündet keine Kerze an, so romantisch muss es auch nicht sein, sagt der Wirt und beschreibt uns den Weg zu unserem Nachtquartier.

Still gehen wir zum Stall, ich halte Ausschau nach oben, der Mond ist nicht zu sehen, du nach unten, ob wir auch nirgends hineintreten. Wir haben alles im Blick.

Der Geruch von Stroh war für mich lange Zeit kein Zeichen von Heimat, sondern von Gefahr, denn wenn ich mich den Feldern näherte, wo gearbeitet wurde, musste ich fürchten, entdeckt zu werden.

Moosgeruch verband ich mit sehr positiven Gefühlen, aber nach Moos riecht es in dem Stall natürlich nicht, sondern nach Stroh, hast du vielleicht eine bessere Erinnerung daran?

Hast du nicht, aber du sagst, morgen vielleicht schon.

Das Stroh sticht sanft.

17

Ein Hahn kräht in der Ferne, ich werfe einen Stein in Richtung des Krähens, der Hahn verstummt und ich glaube kurz, ihn getroffen zu haben, dabei warf ich den Stein gegen die Holzwand des Stalls, kein Hahn weit und breit, also lasse ich mich ins Stroh sinken, das mich an der Nase kitzelt, ich unterdrücke ein Niesen und sehe dich an, liebevoll, das kann ich, du müsstest jetzt nur zurückschauen, mach die Augen auf, schau zurück, ich stupse dich an.

Wollen wir aufstehen und eine Buttermilch trinken?
Nein.
Auch gut.

18

Ich liege im Stroh und lächle.

Du stehst auf, ziehst dich an, fährst dir ein paar Mal durch deine Haare und siehst mich skeptisch an.
 Ich möchte liegen bleiben, doch du zupfst bereits das Stroh von deinen Socken, schlüpfst in deine Schuhe und verlässt den Stall. Gerade schließe ich meinen Gürtel, als du von draußen rufst, na sieh dir das an, das gibt es ja nicht!

Mit einem Plakat in Händen kommst du zurück.
 Sieh dir das an!

Auf dem Plakat dominiert der Schriftzug *Wider die Grausamkeit!*

Darunter steht geschrieben:
 Der König schreckt nun nicht einmal vor seiner eigenen Familie zurück! Seine lange verloren geglaubte Tochter Nelly soll hingerichtet werden!
 Danach wird zu Protestaktionen aufgerufen, die ihren Höhepunkt in sieben Tagen, am vermeintlichen Tag deiner Hinrichtung, am Königshof finden sollen.

Wider die Grausamkeit!
 Retten wir Nelly!
 Überall kleben Plakate, keine Hauswand oder Straßenlaterne ist davon verschont.

Wir machen uns auf den Weg zu Max, glücklicherweise erkennt dich niemand, da auf den Plakaten kein Foto von dir zu sehen ist, dennoch erwarte ich, gleich eine Schar Menschen um uns zu haben, die alle fragen, bist du Nelly, bist du wirklich die Tochter des Königs, hat er manchmal mit dir Federball gespielt, wieso verleugnet er dich jetzt, will er dich tatsächlich umbringen, bist du vielleicht selbst schuld, was sollen wir denn nun machen, liebe Nelly, Königstochter, sag es uns!

Vor dem Bürgermeisteramt hat sich eine Menschenmasse eingefunden und verhält sich, gemäß den Regeln der Masse, aufgebracht.

Ich bekomme Gesprächsfetzen mit und anscheinend ist etwas eine Frechheit, eine bodenlose sogar, etwas ist untragbar und das wird man schon noch richten, aber jetzt erst recht, da wird sich was tun.

Max empfängt uns mit offenen Armen, er trägt einen Umhang mit dem Fuchsemblem, der hinter ihm am Boden schleift und staubig wird.

Du hältst ihm wortlos ein Plakat hin.

Ah, ihr habt es also schon gesehen. Die Massen formieren sich schon, wie ihr vielleicht bemerkt habt, alles verläuft höchst erfreulich.

Was soll das, fragst du ihn mit scharfer Stimme.

Die Menschen sind dem König vielerorts abgeneigt und wir geben ihnen einen Grund, um sich völlig von ihm abzuwenden. Deine Hinrichtung, liebe Nelly, wird die Menschen empören. Erlaube mir bitte, dich von nun an zu duzen. Vom königlichen Hof kam tatsächlich die Drohung, man wolle dich hinrichten. Das nutzen wir aus. Widerstand, den der König nicht überhören kann, wird sich formieren. Er wird uns unter diesem Druck Zugeständnisse von enormem Ausmaß machen oder gar zurücktreten müssen. Deine Hinrichtung ist undurchführbar, wenn ihr so viel Aufmerksamkeit zukommt, du hast also nichts zu befürchten. Die Plakate werden noch heute im ganzen Reich hängen, meine Boten bringen die Nachricht von deiner Verurteilung selbst in die entlegensten Dörfer.

Ich erwarte einen Wutausbruch deinerseits, das Ballen deiner Fäuste, ich möchte sehen, wie du das Saxophon nimmst und es in sein Gesicht wirfst. Lass uns Max in das Klavier stecken, seine Männer werden das verstehen, sie werden ihre schwarzen Anzüge abstreifen und nach Hause gehen, lass ihn uns ins Klavier sperren zu den verbotenen Musikern und die Tür zu diesem Zimmer schließen.

Du sagst an Max gewandt, na, wenn das so ist, ist das eine gute Idee.

Er umarmt dich, hüllt dich in seinen Umhang und sabbert.

Jetzt brauche ich aber etwas Zeit zum Ausruhen, sagst du und Max pflichtet dir bei, es sei ohnehin am besten, wenn du dich nicht viel zeigen würdest. Er empfiehlt, du solltest die nächsten Tage abtauchen, er werde nach dir schicken, wenn er dich bei sich brauche.

Wir verabschieden uns von Max. Du gehst, ohne die Füße vom Boden zu heben.

Da will mich mein Vater also umbringen, sagst du und erzählst, wie er dich hochgeworfen hat, als du ein kleines

Mädchen warst, und wie er dich nicht fing und wie du aufschlugst auf dem Perserteppich in seinem Schlafgemach.

So hart kann das nicht gewesen sein, sagte deine Schwester dazu, die mit dir schimpfte, weil du dich von ihm hattest hochwerfen lassen.

Geschieht dir nur recht.

Brav war und werde ich nicht, aber jetzt geht er schon etwas weit, sagst du.

Lass uns in den Stall gehen und tun, was wir gestern getan haben, sage ich und du stößt mich von dir.

Was soll ich zu dir sagen? Es wird schon alles gut? Das wäre verlogen, gut ist lange schon nichts mehr. Mach dir nichts daraus, könnte ich sagen, ist doch nicht so schlimm.

Ich schließe zu dir auf und sage, es wird schon alles gut werden.

Du wendest dich von mir ab.

Das hätte ich genauso gemacht.

Vor den Plakaten, die überall zu hängen scheinen, stehen Menschen und sagen, schau dir das an, na sowas, jetzt geht das aber eindeutig zu weit, das mache ich nicht mehr länger mit.

Am Stadtrand setzt du dich auf eine Bank, als ich es dir gleichtue, verscheuchst du mich, also setze ich mich ins Gras neben der Bank.

Irgendwann schläfst du ein. Die wenigen Passanten, die vorbeikommen, fragen sich gegenseitig, was von den Plakaten zu halten sei.

Abends wachst du auf und meinst, wir sollten zum Stall zurückkehren.

19

Die nächsten Tage verbringen wir im Stall.

Wenn das alles vorbei ist, sagst du, wenn Ruhe eingekehrt ist und wir auf unseren Schaukelstühlen sitzen, gehen wir wandern, und wenn wir einen Berg sehen, stellen wir uns vor, es sei ein Vulkan, wir steigen hinauf und fallen hinein und dann verglühen wir und alles ist aus und weißt du was, wenn ich mich hier verstecke, finde ich, das wäre gar nicht so schlecht.

Über meine Brust läuft plötzlich eine Maus.
 Die hat mehr Angst vor dir als du vor ihr, sagst du.
 Ich habe gar keine Angst vor ihr. Denkst du, nach Monaten im Wald fürchte ich mich vor einer kleinen Maus?
 Du zuckst mit den Schultern.

Du winkelst deine Beine ab und ziehst sie zum Oberkörper, legst deinen Kopf auf die Knie und fragst mich, ob es das sei, was ich monatelang gemacht hätte, mich versteckt, mich geduckt.
 Im Wald ist das Verstecken weniger trostlos, behaupte ich.
 Gar nicht wahr, sagst du und nimmst einen der an deine Schwester gerichteten Briefe aus der Hosentasche.

Selten stritten wir.
Wenn es dazu kam, spielten wir Verstecken und suchten uns nicht und bewarfen uns mit Zuckerwürfeln, wenn wir uns zufällig doch entdeckten.

Um uns die Zeit zu vertreiben, summen wir Lieder, die immer zu den Hymnen werden, die wir aus unserer Kindheit kennen, was uns erschüttert.

Lass uns Blutsfreunde werden, sagst du und ziehst ein Messer aus dem Stroh, das dort gar nicht hätte sein dürfen, was wäre, wenn ich mich auf diese Stelle gelegt hätte, ich hätte mich geschnitten.
Nein, antworte ich, Blutsfreunde werden Freunde, die gemeinsam am Lagerfeuer sitzen und Pfeife rauchen. Wir sind aber mehr als Blutsfreunde. Bei einem Lagerfeuer müssten wir mehr tun, als nur Pfeife zu rauchen und in die Flammen zu schauen.

Ich nehme dir das Messer aus der Hand.
Als Beweis unserer Verbundenheit könnten wir auf meiner Haut Tic, Tac, Toe spielen, das fände ich passend, sage ich und du nickst.
Ich ziehe mein Oberteil aus. Es fällt mir schwer, meine Hand so zu verdrehen, dass das Messer an der richtigen Stelle schneidet. Du gewinnst das Spiel.

Aus den Kreisen und Kreuzen auf meinem Rücken rinnt Blut, das du abwischst, noch bevor es aufs Stroh tropft, ich danke dir.

Wenn wir berühmt werden und Statuen für uns aufgestellt werden, also mir wird das nicht geschehen, aber dir vielleicht, also wenn du berühmt wirst und Statuen für dich aufgestellt werden, was würdest du dazu sagen?
Vielleicht würdest du über Konzepte des Widerstands sprechen, die von ausländischen Philosophen, die dir derzeit

noch nicht bekannt sind, entworfen wurden, oder du würdest sagen, äh, das wäre doch nicht nötig gewesen.

Ich mache Gymnastikübungen, boxe gegen unsichtbare Gegner und laufe sogar im Stall auf und ab, während du still dasitzt und liest.

> *Liebe Schwester,*
> *wir spielten Schach und erreichten ein Unentschieden, was uns beiden nicht genug war. Wir waren beide so wütend, dass wir das Schachbrett zu Boden warfen und auf den Figuren herumtrampelten, du hast sogar deinem Springer den Kopf abgerissen.*

Setz dich doch bitte hin, sagst du und wendest dich wieder von mir ab.

> *Mutter war ein Tabuthema und wird es immer bleiben. Auch über dich zu sprechen, schickt sich am Königshof nicht. Vielleicht kehre ich an den Hof zurück, vielleicht werfe ich den Thron um. Dann wird alles anders, weil der Thron umgeworfen wurde.*

Draußen miaut eine Katze und du schreist, du Scheißvieh, du miaust wohl auch noch, wenn ich tot bin, und du verbirgst dein Gesicht in deinen Händen.
    Ich habe dich noch nie so gesehen. Wie oft habe ich das schon gedacht?

20

Lucy und Simon stürzen herein, Lucy sagt, endlich, Simon ergänzt, haben wir euch gefunden, die beiden umarmen dich, wir haben es schon gehört, sagen sie, schrecklich, aber du machst das schon. Du fragst, ob sie die Hinrichtung meinen, Lucy und Simon bejahen.

Du machst das schon? Ist das euer Ratschlag für mich?

Na, sagt Lucy, ja, sagt Simon, wir dachten, wir schauen mal vorbei, wie es dir so geht, draußen ist schon die Hölle los, die Leute stehen zu dir, es ist herrlich.

Ich weiß nicht, wo das hinführt, sagst du und Lucy meint, jetzt sei doch nicht so. Simon sagt, das ist schon gut so, wie es ist, es läuft gut, wir haben ja schon an dir gezweifelt. Lucy stößt Simon mit dem Ellenbogen.

Max betritt den Stall mit wallendem Umhang.

Er hat uns freies Geleit zugesichert!

Max erklärt, der König wolle verhandeln. Eine Gesandtschaft an Revolutionären werde in die Hauptstadt reisen. Du müsstest mit. Er selbst werde ebenso fahren, nichts halte ihn auf. Auch ich könne mitkommen.

Was hat das zu bedeuten, fragt Lucy, ist das denn ein Erfolg?

Max schaut sie verständnislos an.

Natürlich, ruft er, alle Augen im Königreich werden auf uns gerichtet sein. Die Menschen müssen sehen, was der König ist, ein Tyrann, weiter nichts.

Wann geht es los, fragst du.

In dieser Nacht. Ich muss noch letzte Vorkehrungen treffen, dann wird euch eine Kutsche von hier abholen.

Max läuft hinaus.

Lucy und Simon wollen dich schon wieder umarmen, sie klopfen dir auf die Schulter, doch du reißt Lucy plötzlich an den Haaren und zischst, verschwinde.

Simon sagt, lass sie los, Lucy ruft, das tut doch weh, du stößt Lucy fort und die beiden trotten brüskiert davon, so eine Kuh, sagt Lucy, Simon legt einen Arm um sie.

Du sinkst zusammen.

Liebe Schwester,
als Fünfjährige wurde ich wegen schlechter Manieren bei Tisch bestraft. Man setzte mich auf den Befehl unseres Vaters in eine besonders finstere Ecke des Spiegelkabinetts im Keller des Schlosses. Ich irrte umher, es war dunkel und ich rannte oft gegen mein schemenhaft erkennbares Spiegelbild. Irgendwann hörte ich ein Klirren. Du zerschlugst die Spiegel, die mich gefangen hielten.

Als Andenken an dich behielt ich eine Scherbensammlung.

Du sagst, das sei alles etwas viel für dich. Nun bald deinem Vater gegenüberstehen zu müssen, überfordere dich.

Lass uns einen Storch mitnehmen, sagst du, dem schneidest du vor den Augen des versammelten Hofes die Kehle durch, dass sie auch einmal wissen, wie das ist, entsetzt zu sein.

Beruhig dich, sage ich.
Kann ich nicht, schreist du.

Wieso hast du nicht irgendwas getan, fragst du mich.
Ich habe eine Menge getan.
Ich will nicht an den Königshof!
Reiß dich zusammen, Nelly.
So heiße ich nicht!
Wie dann?
Virginia Bishop.
Das ist doch eine Lüge.
Virginia Bishop, geboren auf einer Insel im Norden, aufgewachsen im Eis, das bin ich.
Hör doch endlich auf mit solchen Spinnereien!
Du beginnst zu weinen, ziehst ein Halstuch aus deiner Tasche und sagst, verbinde mir die Augen.
Kannst du das nicht selbst?
Du starrst mich an, beschimpfst mich und drehst dich weg.

Du bindest dir das Halstuch selbst um die Augen. Seidenstoff. Gelbliches Blumenmuster.

Gelbe Nelken waren einst das Erkennungszeichen der Partisanen in den Wäldern, nun gibt es kaum noch Widerstand im Dickicht des Waldes. Die Lager der Partisanen waren dem König allzu bald bekannt, und als die Gruppen mehr und mehr junge Männer und Frauen, die glaubten, die Welt könnte werden, was sie nicht ist, aus den Dörfern lockten, beschlossen der Kriegsminister und der König, es müsse etwas geschehen. Man karrte Kanonen an den Waldrand und schoss ziellos ins Dickicht.

Ich habe mich immer sehr für das Partisanenleben interessiert, weiß aber nicht allzu viel darüber. Aus denen, die Kämpfe zwischen Partisanen und königlichen Truppen miterlebt haben, ist meistens nichts herauszubekommen. Erzählt, was ihr wisst! Habt ihr denn kein Herz? Es ist eure Pflicht! Das habe ich gesagt. Heute würde ich nicht mehr so sprechen.

Ich hüte mich insbesondere vor dem Wort Pflicht. Als ich es früher einmal verwendet habe, wäre ich beinahe verprügelt worden.

Ich sagte einem Mann, der gerade ein Brot aß, es sei seine Pflicht als Mensch, mir etwas von dem Brot zu geben, immerhin hätte ich tagelang kaum etwas gegessen. Er antwortete mir, Junge, ich schlag dir die Zähne aus, wenn du näher kommst. Ich machte einen Schritt auf ihn zu und rannte schnell weg, als ich sah, mit welcher Entschlossenheit er aufsprang.

Langsam nähere ich mich dir. Ich lege meine Hände auf deine Schultern, du schüttelst sie ab.

Geh weg, sagst du.

Und ich gehe weg.

Das ist nicht grausam von mir, du bist manchmal so fern von allem, dass man dich dort, wo du bist, lassen sollte, denn wie Simon und Lucy sagen, es gibt eine Lücke in der Luft, die manche Menschen zu durchsteigen wissen. Sie sehen auf der anderen Seite dieser Lücke wiederum Löcher, durch welche sie fallen, bis sie aufzuschlagen meinen, jedoch nicht aufschlagen. Simon und Lucy sagten, es könne an diesem Punkt die Rede von einem sagenumwobenen Nichts sein, dort sei ein dichtes Netz, auf dem Spinnen krabbelten, auch Glühwürmchen hingen darin und es heißt, irgendwann werde ein Schmetterling oder eine Ente aus dem kokonartigen Netz schlüpfen und das sei eine Erkenntnis oder ein ekelerregendes Tier, das sei alles sehr schwierig zu verstehen, sagten Lucy und Simon, aber manche müssten solche und ähnliche Reisen unternehmen, dabei solle man nicht stören, sondern verständnisvoll nicken.

Ich gehe hinaus und starre in die Sonne, bis es schmerzt, ich schließe die Augen, sehe Farben tanzen und gehe auf das Rot zu. Als ich meine Augen wieder öffne, stehe ich vor einem Geschäft, in dem Messer verkauft werden. Also kaufe ich mir ein Messer, weil es die Sonne sagt.

In dem kleinen Laden hängen unzählige Bajonette an den Wänden, das Angebot an Messern ist riesig, zudem werden Küchengeräte und Werkzeuge zum Verkauf angeboten.

Der Verkäufer fragt mich, welches Modell mir zusage, und als ich sage, ich hätte gerne ein ganz normales Messer, sieht er mich verächtlich an und gibt mir eines in die Hand.

Eine Hülle dazu?

Danke, nicht nötig.

Ich steche draußen ein paarmal in die Luft. Ein Junge ermahnt mich, dass man das nicht darf, denn mit Messer, Schere, Licht spielt man nicht, seine Mutter zieht ihn weg von mir, lass den Mann in Ruhe, sagt sie, ich lächle ihr zu, aber die Frau dreht sich mit ängstlichem Blick weg und zieht den Jungen, der mir zuruft, ich solle sofort das Messer einstecken, sonst komme er wieder, hinter sich her.

In mir ist in diesem Moment eine große Unruhe.

21

Die selbsternannte Prophetin Anna Kirschmann steht mit einer kleinen Schubkarre am Straßenrand und verkauft Comics. Sie winkt mir zu und karrt ihren fahrbaren Verkaufsstand in meine Richtung.

Sie sehen aus, als könnten Sie eine Aufheiterung gebrauchen, sagt sie, da habe ich genau das Richtige. Mögen Sie Viehzucht?

Nicht besonders, antworte ich.

Gert – Der Turbobauer wird Ihnen sicher gefallen. Es geht darum, dass sein Bauernhof von intergalaktischen Geschossen getroffen wird und er sich, ständig bedroht von den Flugobjekten feindlicher, großbäuerlicher Verbände, eine neue Existenz errichten will, indem er eine Rübensorte entwickelt, die Tiere länger leben lässt. Außerdem wachsen die Tiere an seinem Hof sehr schnell. Na, was halten Sie davon?

Ich habe keine Zeit für so etwas, sage ich.

Es geht ohnehin alles zu Ende, sagt Anna Kirschmann, wie ich Ihnen bereits prophezeite, da können Sie einstweilen ein paar gute Comics lesen. Oder wollen Sie sich wieder unter einem Klavier verstecken?

Verschwinden Sie!

Ihnen sollte mal jemand Manieren beibringen, sagt Anna Kirschmann, da werde ich tagelang im Gefängnis festgehalten und als ich rauskomme, möchte ich Comics verkaufen und sofort werde ich von Ihnen beleidigt. Sie schiebt ihren Karren an mir vorbei.

Nun steht auch noch Petrus LeCler, der Gedichtaufhänger aus Port Robinson, auf der anderen Straßenseite. Er hebt kurz eine Hand und hängt ein Plakat auf.
Rettet Nelly!

Petrus überquert die Straße, erkundigt sich nach meinem Befinden und sagt, die Zeit der Gedichte sei vorbei, er wüsste gar nicht mehr, wann er zuletzt etwas anderes aufgehängt habe als Plakate, auf denen dazu aufgerufen wird, die Hinrichtung der Königstochter zu verhindern. Zurzeit sei er im Dauereinsatz, er spüre seine Beine kaum noch, aber so ist das, sagt Petrus, einer muss das machen. Langsam geht er weiter, einen Stapel Plakate unter dem Arm.

Ich umkreise den Stall, streichle eine Katze und will beim nahegelegenen Brunnen trinken, woraus nichts wird, anscheinend bewahrheiten sich die Gerüchte bezüglich einer Wasserknappheit in der Stadt.

Im Schatten sitzt ein Specht und schaut in die Sonne.

Schließlich wage ich mich zu dir.
    Mit verbundenen Augen siehst du zu mir auf und beginnst hastig zu sprechen.
    Kennst du das Volkslied von Rosamunde und Hans, die sich lieben, aber nicht zueinander finden? Beide stehen unter einem Lindenbaum, auf der einen Seite Rosamunde, dann die Linde, auf der anderen Seite Hans. Der Linde haben beide den Rücken zugewandt. Sie bedauern sich und suchen nach Gründen, weshalb sie noch nicht beisammen sind, und es leuchtet letztlich beiden ein, dass sie es nicht schaffen können zusammenzukommen, sie finden

das völlig verständlich, also gehen sie heim, Rosamunde zieht in die Berge und Hans bleibt im Dorf und heiratet eine Freundin Rosamundes, dabei wäre alles anders verlaufen, hätten sie sich umgedreht. Ich habe dieses Lied gehasst, als ich es im Wirtshaus öfter hörte. Auf bestimmte Gegebenheiten zu blicken, sie Schicksal zu nennen, den Kopf zu schütteln und oje zu sagen, was nützt das?

Nimm doch mal die Augenbinde ab, sage ich.

Draußen höre ich die Kutsche vorfahren.

Wir müssen los, sage ich.

Trag mich hinaus, sagst du, ich werde mich ein bisschen wehren, lass dich davon nicht abschrecken. Das wirkt dann, als geschehe die Fahrt gegen meinen Willen.

Ist doch lächerlich, sage ich.

Lächerlich ist gut, meinst du, jetzt trag mich raus!

Also schleppe ich dich nach draußen, du schlägst halbherzig um dich, der Kutscher schließt die Tür hinter uns, die Pferde setzen sich in Bewegung.

Ein Plakat fällt zu Boden. Wir überfahren es.

Wo ist Max, fragst du den Kutscher, zu dem wir durch eine kleine Öffnung sprechen können.

Herr Müller folgt mit einer zweiten Kutsche.

Du forderst mich auf, so zu tun, als sei ich der Kriegsminister, vor dem wir uns verantworten müssten. Du wollest dich rechtzeitig auf die Gespräche einstellen.

Ich kann kein Kriegsminister sein, kann es auch nicht spielen, ich kann überhaupt kein Minister sein, wäre ich es, ich würde anordnen, meinen Schreibtisch mit Moos zu bedecken, weil ich Moos mag, und bereits diese erste Anordnung würde nicht durchgeführt werden, weil alle sagen würden, der neue Minister, der ist doch vollkommen verrückt. Ich würde zurücktreten müssen und die Zeitungen schrieben schlecht über mich und der Königshof wäre beschämt wegen der Unfähigkeit seiner Minister. Das lassen wir lieber.

Komm schon!
Lass mich in Ruhe!
Willst du mir denn nicht helfen?
Doch, natürlich will ich das.
Dann spiel jetzt Kriegsminister!
Na gut.

Also, folgende Frage: Das Königreich wird angegriffen. Schlachtplan A oder Schlachtplan B?

Du verziehst das Gesicht und schimpfst, das bedeute doch gar nichts, Schlachtplan A oder B, nein, das sei doch wirklich zu blöd.

Lass uns lieber schlafen, schlage ich vor.

Mit genervter Stimme antwortest du, das werde wahrscheinlich noch am besten sein.

Der Kutscher singt mit heller Stimme Fiderallala, Fiderallala, der Kasperle ist wieder da, und erzählt sich selbst Märchen aus besseren Tagen, als Kasperle noch in einem großen Haus mit seiner Frau lebte und die Werkstatt noch nicht hatte geschlossen werden müssen und es wird ziemlich schnell klar, dass der Kasperle der Geschichte in Wirklichkeit der Kutscher ist.

Mit geschlossenen Augen beginnst du, von deinem Testament zu reden. Denn auch wenn Max sagt, dass man dir unter den Augen der Öffentlichkeit nichts antun werde, bist du dir nicht sicher. Max meint, du müsstest nur kurz mit dem König reden, damit die Menschen sehen könnten, dass du deinen Vater triffst. Das werde die Gemüter bereits erhitzen. Es ginge nicht wirklich darum, was ihr zueinander sagtet. Euer Zusammenkommen allein werde für Gesprächsstoff sorgen. Du teilst mir mit, was getan werden müsse, sollte dir am Königshof dennoch Schlimmes geschehen. Ich müsse in diesem Fall einiges in die Wege leiten.

Erstens, sagst du, setze durch, dass ich nicht beerdigt werde.

Zweitens, fahre zur Hütte in den Bergen, wo wir waren, und stecke sie in Brand.

Drittens, erzähle in geselligen Runden von mir, in denen nicht mehr klar ist, welche Geschichten wahr und welche erfunden sind.

Viertens, vernichte die Plakate.

Es wird dir nichts zustoßen, versichere ich dir. Du tätschelst meinen Unterarm.

Du meinst, Paul, der Junge aus dem Dorf, sei mittlerweile sicher ein Stallbursche, der abends zu seiner Familie heimkehre, wenn du bei ihm geblieben wärst, kehre er also heim zu dir, ihr würdet vor einem knisternden Kamin sitzen und er tränke aus einem großen Krug und ihr hättet euch wenig zu sagen, aber ein gewisses Maß an Geborgenheit würde herrschen, immerhin müsse das so sein, immerhin wäre da ein Kamin, da sei es nicht denkbar, es nicht heimelig zu finden. Paul würde dennoch aufstehen und ins Wirtshaus gehen und sagen, warte nicht auf mich.

Ich bin eifersüchtig auf Paul. Obwohl ich ihn nie kennenlernte und du immer nur negativ von ihm sprichst, beneide ich ihn darum, dass er mit dir schöne Momente erleben durfte und es eine Zeit gab, in der du nicht negativ über ihn gesprochen hast. Diese Zeit gönne ich ihm nicht.

Ich sage nichts über Paul und du sprichst nun von anderen jungen Leuten aus dem Dorf, die du früher fast täglich gesehen hast.

Was Gerti, Sabine und Rudi wohl treiben? Gerti geht vielleicht auf eine Oberschule in der Stadt, hat das Dorf verlassen und einen jungen Advokaten kennengelernt, der bald seinen Universitätsabschluss macht. Sie wird ihn lieben und er sie auch und wenn nicht, geht sie zurück ins Dorf als Magd. In der Stadt wird sich Gerti über kurz oder lang nicht wohlfühlen, die vielen Kutschen, die vielen Leute, der Lärm. Wenn man das nicht gewohnt ist, mag man das nicht, und Gerti ist das nicht gewohnt, überhaupt mag Gerti nichts Neues, denn wozu sollte sie das mögen, sie hat bereits genug, was sie mag, und dem bleibt sie treu.

Rudi hat eine Näherin kennengelernt, die ihn gar nicht ansieht, die immer nur strickt, aber das macht Rudi gar nichts, Rudi ist ein Tier, das sagt er sich, wenn er in den Spiegel blickt, da spannt er die Muskeln an und sagt, Rudi, du Tier. Wenn Rudi aber vor der Näherin steht, fühlt er sich ganz klein, da geht er lieber weg von ihr und zurück zum Spiegel und da fühlt er sich ganz groß, was besser ist als ganz klein. Es macht Rudi also doch was, dass ihn die Näherin gar nicht ansieht, das sagt Rudi aber nicht, er sagt lieber, die langweilige Kuh, die will ich eh nicht. Wenn jemand blöd grinst im Wirtshaus oder anderswo, wahrscheinlich jedoch im Wirtshaus, wenn er das erzählt, dann macht er den fertig, denn Rudi ist ein Tier, wie er sagt. Sein Arzt sagt das nicht, aber der kennt sich nicht aus, findet Rudi.

Sabine sitzt am Spinnrad und verdient ihr eigenes Geld und denkt sich, es wäre schön, bald wieder die Sonne zu sehen. Aber dazu müsste sie schneller spinnen, was sie nicht kann, sie ist keine fleißige Biene, diese Sabine, ha ha, dieses Wortspiel stammt von ihrer Mutter, die auch am Spinnrad sitzt, und sie sitzt dort wesentlich gekonnter. Sie sitzt dort schon länger als Sabine, nämlich ihr ganzes Mutterleben, das sie Sabine geopfert hat, damit es ihr gut geht, damit sie sich um nichts zu kümmern braucht, nur ein bisschen arbeiten muss Sabine, aber das Gör ist schrecklich langsam, die Mutter denkt, sie hat Sabine vielleicht verzogen, es ist dem Kind zu gut gegangen, nun ist es überhaupt nicht mehr tüchtig. Dabei ist tüchtig zu sein doch das Wichtigste, denkt Sabines Mutter, denn was sollen die Leute denken, wenn man nicht tüchtig ist? Nichts Gutes, ganz recht.

Vielleicht ist das gar nicht so, sagst du, du wollest dich nicht über die Dorfbewohner lustig machen, du habest nur immer das Gefühl, in ihnen sei eine gewisse Trostlosigkeit, die sie nicht bemerken würden, die sie jedoch zu Boden drücke, du seufzt.

Du forderst den Kutscher auf, kurz anzuhalten, steigst aus, ziehst vor ihm und mir Hose und Unterhose hinunter, hockst dich hin und pisst.

Jetzt gehen die guten Sitten endgültig über Bord, sage ich, als du zurückkommst.

Du siehst mich ärgerlich an.

Und wenn schon.

Manieren waren nie etwas, das du haben wolltest, schicklich zu handeln war für dich und deine Schwester verachtenswert, den Hofdamen maltet ihr Schweinisches auf die Wangen, wenn sie auf Fauteuils einschliefen. Vor einem Empfang wichtiger Verhandlungspartner deines Vaters warfst du dich in den Matsch und sagtest ihnen, als du ihnen die Hände schütteln musstest, du dürftest nicht ins Schloss, sondern müsstest in einem nahegelegenen Tümpel leben. Du warfst Silbergeschirr durch die Gegend und die Burgfräulein sagten dir, von dem, was du hättest, würden sie träumen, und du solltest es schätzen. Du wandtest dich von ihnen ab und würdigtest sie keines Blickes mehr.

Eines Tages im Sommer versuchtest du tatsächlich, im Tümpel zu leben. Du nahmst Essen und einige Flaschen Wasser mit, verstecktest sie an einer sicheren Stelle nahe dem Tümpel und warst fest entschlossen, von nun an das Schloss nicht mehr zu betreten.

Ich bin umgezogen, sagtest du, als zwei Soldaten kamen, um dich zurückzuholen. Sie schienen dir nicht zuzuhören, waren nur verärgert, dass ihre Rüstungen dreckig wurden.

Wenn das alles vorbei ist, sagst du, bauen wir uns ein blaues Klavier, richten es häuslich ein und wohnen darin. Eigentlich können wir uns ein gewöhnliches Klavier kaufen, wir müssen es nur blau anstreichen.

All unsere Träume können wir nicht erfüllen, also lass uns überdenken, was wir wollen, muss das Klavier blau sein, wollen wir darin leben oder es in eine Ecke stellen?

In der Ecke wird ein Kaktus stehen, die Ecke ist bereits besetzt.
    Haben wir keine anderen Ecken zur Verfügung?
    Du schüttelst den Kopf.

Konzentrieren wir uns lieber auf die Verhandlungen, die uns bevorstehen. Wenn es Verhandlungen werden und man uns nicht nur Vorwürfe machen wird, wenn man uns als Gesprächspartner akzeptieren sollte, was werden wir fordern?
    Du sagst, daran hättest du gar nicht gedacht, es werde nicht zu einem netten Gespräch kommen, es gehe darum, den König und seine Räte schlecht dastehen zu lassen. Das sei dein Hauptziel. Er müsse sein Gesicht zeigen, seine Fratze, die Käfer unter der Haut. Ihm vor die Füße spucken, das habest du vor.

Der Kutscher ruft, wir hätten gerade einen Igel überfahren.
    Was sollen wir dazu sagen?

Wir halten an und eine andere Kutsche, aus der uns Max zuwinkt, überholt uns. Der Kutscher erklärt, wir seien bereits nahe der Hauptstadt, es werde bald einige Kontrollen geben, wobei die Kutsche, in der sich Max Müller befindet, von nun an vorfährt. Du ballst die Fäuste, ich greife nach deinen Händen und biege deine Finger auseinander.

Vor den Stadttoren hat sich eine schier unüberblickbare Menschenmasse gebildet, was ich gar nicht glauben kann, ich packe dich am Oberarm und schüttle dich.

Sieh dir das an, jetzt sieh dir das an.

Als die Menschen die beiden Kutschen erblicken, heben Sprechchöre an. Ich verstehe nicht alles, was geschrien wird, aber *Freiheit für Nelly!* ist dabei. Sie stehen auf unserer Seite.

Zwei Wachsoldaten sehen zu uns herein und winken dem Kutscher, er möge weiterfahren. Du schließt die Augen, als wir die schreienden Menschen passieren. Die Kutsche kommt zum Stillstand, Max öffnet die Tür und bietet dir zum Aussteigen galant seine Hilfe an. Die Leute rufen deinen Namen, wir gehen auf einer von Soldaten gesäumten Straße zum Schloss, werden in einen Prunksaal geführt, alles glänzt golden, du spuckst auf den Boden und sagst, das sei so ein Reflex.

Mehrere Wachen befinden sich in dem Saal, in dem ein von drei Löwenstatuen umgebener Thron steht. Eine Tür am anderen Ende des Saales öffnet sich und der König tritt ein, gefolgt von vier Männern. Einer von ihnen ist der Kriegsminister und die drei übrigen sind königliche Räte, wie du mir zuflüsterst.

Der König hat ein hageres Gesicht, er ist ein schrumpfender Mann, vor unseren Augen wird er, Zentimeter um Zentimeter, kleiner, sein Umhang hüllt ihn ein. Die Orden an seiner Brust sind zu groß, lassen ihn verloren wirken.

Meine Tochter, sagt der König, lass dich umarmen. Er kommt auf dich zu, du weichst einen Schritt zurück, er hält inne.

Ich möchte mich mit dir versöhnen, bevor es zu Ende geht, das Volk drängt auf Veränderung und ich bin krank. Du bist die legitime Erbin dieses Reiches.
Und deshalb willst du mich hinrichten?
Ach, Hinrichtung hin oder her! Darum geht es nicht. Bist du gewillt, dein Erbe anzutreten?
Keinesfalls.

Der König legt seinen Umhang ab, wird nochmals kleiner, nimmt einen Siegelring vom Finger und gibt ihn einem seiner Räte, er sagt, sieh, was bleibt, du bist die Schande dieses Reiches, er starrt dich an, hustet, keucht, er zieht sich die Schuhe und Socken aus und zum Vorschein kommen bläulich-schwarze Zehennägel, er öffnet die Tür zum Balkon, steigt auf das Geländer und springt.
Wir befinden uns im dritten Stock.
Die Räte nicken sich zu, schütteln einander die Hände.
Mein Beileid.
Meine Anteilnahme gilt ganz Ihnen.
Eine Tragödie.
Die königlichen Räte sprechen über den Leichenschmaus.

Einer der Räte übergibt Max den Siegelring und den Umhang des Königs.
Was geht hier vor?
Max sieht dich mit ernster Miene an.
Lange schweigt er.

Ihr geht nun besser, sagt Max schließlich.
Du hast uns verraten und benutzt, schreie ich Max an. Auf welche Art auch immer, wir wurden verraten! Nie war die Rede davon, dass du der neue König wirst!

Ich will nach Max schlagen, du hältst mich zurück.

Es ist für euch nichts verloren, sagt Max. Es wird sich vieles ändern. Ich werde erlauben, was der alte König niemals erlaubt hätte. Es wird eine Verfassung geben und ein gewähltes Parlament. Ich werde die Schriften der meisten verbotenen Dichter, Philosophen und Wissenschafter freigeben. Ihr beide werdet in Ruhe leben können, solange ihr euch nicht gegen mich erhebt. Ich bin euch wohlgesonnen, doch das Rad der Welt werdet ihr beide nicht neu erfinden, das kann und werde ich euch nicht erlauben. Wie gefällt euch mein Umhang?

Max dreht sich schwungvoll und winkt mit einer scheinbar beiläufigen Handbewegung seinen Räten. Der Kriegsminister lächelt dir höhnisch zu. Max verschwindet mit seinem Gefolge durch eine der unzähligen Türen in diesem Raum.

Die Wachen hinter uns treten vor, fassen uns an den Oberarmen und führen uns hinaus.

Ein Wachmann gibt mir einen Beutel in die Hand, in dem sich Gold, ein Schlüssel und die Besitzurkunde für eine auf dem Land gelegene Villa befinden.

Er erklärt uns, wie man dorthin gelangen könne, zu Fuß eine halbe Stunde vom südlichen Stadttor, sagt er, immer der Nase nach, es ist wirklich schön dort! Ausführlich beschreibt er den Weg.

Ich höre kaum zu, ich beobachte die Wolken am Himmel, die mir seltsam fremd vorkommen, so als hätte ich noch nie Wolken gesehen. Ich verstehe nichts. Du setzt dich auf den Boden, dein Blick ist leer.

Kommen Sie, hier können Sie doch nicht sitzen bleiben, sagt der Wachmann, das geht nicht, das werden Sie sicher einsehen.

Langsam gehen wir durch die belebten Straßen der Hauptstadt. Wir entfernen uns vom Schloss und kommen an Leuten vorbei, die voller Inbrunst deinen Namen schreien und Freiheit fordern. An den Häuserwänden hängen überall Plakate.
Rettet Nelly!

Wir bleiben mitten auf der Straße stehen und lauschen den Sprechchören der Massen. Ich umklammere den Beutel mit Gold.

Allerorts beginnen Kirchenglocken zu läuten, Fanfaren werden geblasen, Fahnen werden auf Halbmast gesenkt.
　Jetzt wird sein Tod bekannt gegeben, sagst du.

22

Schwester,
wir sahen eine Katze. Es galt, die Katze zu fangen.
Du hast es versucht. Ich habe es versucht.
Wir haben alles gegeben.

23

Du flüsterst mir ins Ohr, wir müssten Folgendes kaufen:
 blaue Farbe,
 Kerzen,
 einen Apfel.

Ich gebe dir den Goldbeutel, du erledigst die Einkäufe und wir verlassen die Stadt, gehen zu unserer Villa, die sich abseits der vielbefahrenen Straßen befindet. Direkt hinter der Villa beginnt der Wald.

Was ist nun eigentlich geschehen, frage ich dich.
 Du winkst ab, sperrst auf und trittst ein, würdigst die Gemälde an den Wänden, die Teppiche, die Blumen auf den Fensterbänken keines Blickes, gehst schnell durch alle Zimmer und rufst mich schließlich herbei.
 Hier ist es!
 Du stehst vor einem Klavier und öffnest den Farbeimer.

Als das Klavier blau ist, zünden wir eine Kerze an, nehmen ein Messer, um den Apfel in Spalten zu schneiden, und wollen in das Klavier steigen. Als wir schon fast drinnen sind, fällt dir ein, dass Holz brennt und wir im Klavier keine Kerze anzünden können.
 Das wäre zu gefährlich, sagst du.
 Aber dann bleibt es dunkel.
 Hm.

Wir beschließen, bis uns eine Lösung des Problems eingefallen ist, die Kerze auf das Klavier zu stellen und den Apfel vorerst nicht zu essen.

Es ist doch gar nicht so schlecht, könnten wir sagen, es wurde einiges erreicht, wir könnten uns umarmen und flüstern, es wurde vieles geschafft, man könnte so manches sagen über den Tod des Königs.

Deine ständig geballten Fäuste und das Schweigen fand ich anfangs furchterregend, inzwischen beruhigend.

Wenn du das nächste Mal Obst und Gemüse kaufen gehst bei einer Händlerin vor dem Stadttor und sie dich fragt, was es sein dürfe, und du um Tomaten bittest, und sie, während sie dir die Tomaten reicht, sagt, na, da ist ja einiges passiert in letzter Zeit, hoffentlich wird nun alles besser, wirst du antworten, ja, mal abwarten. Mal abwarten. Das wird unsere Stellungnahme sein zur neuen Lage im Land.

Lucy und Simon werden uns zum Abendessen besuchen und Fragen stellen und wir werden die Köpfe schütteln und ihnen so lange Kraut auf die Teller häufen, bis sie still sind.

Er war aber doch mein Vater, sagst du weinerlich.
    Jetzt fang nicht so an.

Ich gehe in eines der unzähligen Zimmer der Villa. Durch den Raum fließt ein kleiner Bach, der aus dem Nebenzimmer kommt. Ich ziehe mich aus, steige in den Bach, wasche mich, das tut gut.

Die Goldfische zu meinen Füßen scheinen mich beißen zu wollen.

Als Herr dieses Hauses bitte ich euch, das zu unterlassen!

Sonst werfe ich die Goldfische auf die Wiese, da sollen sie sehen, wie sie zurechtkommen.

In einem Zimmer der Villa stapeln sich Totenköpfe auf alten Comic-Heften, an einen Beistelltisch wurde ein Schild gelehnt, auf dem geschrieben steht, das sei das lustigste Reich der Toten. Aufgeregt erzähle ich dir von diesem Raum, aber du meinst schlicht, das sei der abwegige Humor des Kriegsministers, anscheinend habe er da seine Finger im Spiel gehabt, auch früher habe er nach seinen Untergebenen mit Totenköpfen geworfen und seine Liebe zu Comics sei allgemein bekannt.

Als ich zu dir zurückkehre, reparierst du gerade ein Regal.

Denkst du noch an deinen Vater, frage ich.

Gib mir mal den Hammer.

Die Nacht verbringen wir in einem Himmelbett. Du weckst mich allzu bald und sagst, es sei dir unmöglich, hier zu schlafen, ob wir uns einen Stall suchen könnten.

Die Ställe sind vor den Toren der Hauptstadt rar gesät, in der Umgebung leben kaum Bauern, die Nahrungsmittel werden aus den ländlicheren Gebieten importiert, dennoch werden wir fündig. Gekonnt brichst du das Tor auf, wir schlafen im Stroh.

Morgens bedroht uns ein Stallbursche mit einer Mistgabel. Du lässt dich davon nicht beeindrucken, gehst hinaus, ohne ihn zu beachten. Ich folge dir, wir beobachten, wie sich die Menschen auf die Trauerfeierlichkeiten vorbereiten. Marktfahrer, die ansonsten Besteck und Tischtücher anbieten, offerieren nun Grabkerzen und Blumenkränze, die man, das sei das Mindeste, für das Wohl des dahingeschiedenen Königs erstehen sollte.

Wir treffen Petrus LeCler, der uns während des gesamten Gesprächs, das sich hauptsächlich um das Wetter und Max Müller dreht, verstohlen zuzwinkert, weshalb auch immer, vielleicht glaubt er, wir hätten etwas erreicht, das wir erreichen wollten. Vielleicht haben wir das tatsächlich. Wir wissen es nicht, wir kaufen noch mehr blaue Farbe.

Auf einem kleinen Platz hat sich ein Kinderchor versammelt und singt abwechselnd zwei Lieder. Eines gilt dem alten, eines dem neuen König. Die Gesichter der Kinder sind steif, sie blicken starr nach vorne, die kleinen Münder öffnen sich weit.

Wir kehren in unsere Villa zurück.
Du sagst, du werdest darin niemals schlafen können, du sehnst dich nach dem Stall.
Sollen wir die Villa verkaufen und in den Stall ziehen?
Da fällt mir ein, dass wir genug Gold im Beutel haben, um uns den Stall zu kaufen und die Villa zu behalten.
Wenn wir zwei Häuser haben, gehören wir zur Oberschicht, sage ich und küsse deine Stirn, haben wir das nicht immer gewollt?
Na ja, eigentlich nicht, sagst du.

Aber jetzt ist es nun einmal so, dass wir wohlhabend sind, sage ich.

Als Tochter des Königs, des ehemaligen Königs, ist das nicht neu für mich.

Für mich aber schon! Musst du alles schlechtmachen?

Aus Trotz verbindest du dir die Augen mit deinem Halstuch.

Ich führe dich in das Zimmer, durch das der Bach fließt, und ziehe dich behutsam aus.

Du schüttelst dich, als du den ersten Schritt ins Wasser machst, wir baden lange.

Ich glaube, ich bin auf einen Goldfisch getreten.

Die Fische halten das aus.

Immer noch hast du die Augen verbunden. Ich führe dich zu dem Klavier und sage, mir ist eingefallen, wie wir es machen, wir nehmen zur Sicherheit genug Wasser mit hinein.

Du nimmst das Halstuch von den Augen.

Wasser mitnehmen. So einfach ist das.

Wir müssen also keine Angst mehr haben, dass wir verbrennen werden. Dann hole ich den Apfel, sagst du.

In wenigen Augenblicken bist du wieder neben mir.

Als wir in das Klavier steigen, schlagen wir versehentlich einige hohe Töne an. Bei Kerzenschein teile ich den Apfel, den wir später essen werden.